U0470026

大江健三郎人生成长散文系列

宽松的纽带

〔日〕大江健三郎　著
竺家荣　译

人民文学出版社
PEOPLE'S LITERATURE PUBLISHING HOUSE

著作权合同登记号　图字01-2020-1413

图书在版编目（CIP）数据

宽松的纽带 / (日) 大江健三郎著 ; 竺家荣译 . --
北京 : 人民文学出版社 , 2021（2021.7 重印）
（大江健三郎人生成长散文系列）
ISBN 978-7-02-016063-1

Ⅰ . ①宽… Ⅱ . ①大… ②竺… Ⅲ . ①散文集－日本
－现代 Ⅳ . ① I313.65

中国版本图书馆 CIP 数据核字 (2020) 第 016463 号

责任编辑　甘慧　胡晓明

出版发行　人民文学出版社
社　　址　北京市朝内大街 166 号
邮政编码　100705

印　　刷　上海盛通时代印刷有限公司
经　　销　全国新华书店等

开　　本　787 毫米 ×1092 毫米　1/32
印　　张　8.125
字　　数　108 千字
版　　次　2021 年 2 月北京第 1 版
印　　次　2021 年 7 月第 2 次印刷

书　　号　978-7-02-016063-1
定　　价　55.00 元

中文版序

大江健三郎——为新人讲述智慧和教训的“拉比”

许金龙

记得是二〇〇七年的八月底至九月初，以色列著名作家阿摩司·奥兹先生偕同夫人前来中国社会科学院外国文学研究所进行学术访问，在一次午餐的餐桌上，这位老作家说起希伯来民族在历史上曾遭受诸多劫难，多次面临种族灭绝、文化消亡的危险，却总能在非常危难的险境下繁衍至今。究其原因，就是在任何时期，群居的希伯来人都会推举族群里最有知识和智慧的长者担任拉比，将历史、法典和智慧一代代传承下来。即便在今天的以色列这个现代国家里，拉比在社会生活中仍然扮演着非常重要的角色。当时我便插话说道：“奥兹先生，您以及大江健三郎先生、君特·格拉斯先生、爱德华·萨义德先生等人都是当代的拉比，在不停地为人们讲授和传承着历史、知识和智慧，当然，更是在不停讲述着历史的教训以及我们面临的危机。”奥兹先生当时似乎没再拘泥于礼节，用提高了许多的嗓门大声说道：“对！对！正是如此！”

这里说到的大江健三郎先生，就是你们正要阅读的这套丛书的作者、诺贝尔文学奖获得者、日本著名作家大江健三郎。这位可敬的老作家今年已经八十四岁了，在自己的人生中积累了许多经验和教训，为了把这些经验和智慧以及感受到的危险告诉人们，特地为他所认定的新人，也就是象征着希望和未来的青年们，陆续写下了《在自己的树下》《康复的家庭》《宽松的纽带》以及《致新人》这四部随笔作品，并且请夫人根据文章的具体内容绘制出非常漂亮的彩色插图。遗憾的是，这套中译本丛书的出版者出于设计上的考虑，没有放入作者夫人的插图，但已请了国内插图画家精心绘制了封面图，这也是想让这套丛书展现出全新面貌的一个尝试，期待我们的读者会有较好的反馈。

当年在为前三部随笔撰写中文版序言时，大

江先生希望与“妻子一道，从内心里期盼这些作品也被翻译成中文并在中国出版……悄悄期盼着将来有一天能够把这四本书汇编成一套系列丛书”，而且，老作家“现在正想象着，这四本书汇编成一套丛书后，被中国的孩子以及年轻的父母们所阅读时的情景。在并不久远的将来，在东京，在北京，抑或在更为广泛的各种场所，假如阅读了这套丛书的日本孩子、中国孩子（那时，他们和她们已然成长为小伙子和大姑娘了吧），能够围绕这套丛书进行交流的话……啊，对我来说，这是至高无上的、最为期盼的梦境”。让老作家感到欣慰的是，由活字文化、九久读书人、人民文学出版社联合引进的这套《大江健三郎人生成长散文系列丛书》（全四卷）就要与中国的读者见面，他想要讲述的知识和智慧将被孩子们继承，他想要告知的历史将被孩子们传承，他想要告诫的危险亦将引发孩子们警觉……在孩子们的人生成长过程中，大江先生的这些讲述想必将发挥积极作用。

大江先生出生于日本四国地区一座被群山和

森林围拥着的小村庄，人生中的第一位“拉比”是家里的一位老爷爷——曾外祖父。这位曾外祖父年轻时经由日本古学派大儒伊藤仁斋的学系专门修习过儒学，其后终生从事儒学的教学和传播，并为襁褓中的健三郎命名为“古义人”，祈愿这个婴儿能够承接亚圣孟子的民本思想。当然，随着你们的成长，将会在《被偷换的孩子》和《愁容童子》等系列长篇小说中邂逅名为“古义人”的主人公，还可以从这位主人公的言行中，发现大江先生的先祖曾大力传播的民本思想和义利观……

大江先生的第二位“拉比”，是家里一位名为“毛笔”的老奶奶。这位老奶奶向儿童时代的大江极为生动地讲述了当地历史上的几次农民暴动，还述说了那片森林里的神话故事和民间传说，使得小小年岁的健三郎下意识地将自己的同情寄予为求生存而被迫暴动的农民，同时将那些暴动故事和森林中的神话改编为本人的故事，由此开始了自己的“文学创作”。

老奶奶去世后，母亲接替了老奶奶曾扮演的

“拉比”这个角色。这位勇敢的母亲不去理睬战争时期那些宣传极端国家主义的所谓“国策”书籍，却从家里并不富余的粮食里取出一部分，徒步前往很远的地方换来《尼尔斯骑鹅旅行记》和《哈克贝利·费恩历险记》，使得少儿时期的健三郎得以沉浸在美妙的文学世界里。战争结束之后，母亲取出原本作为敌国文学而偷偷藏匿在箱底的《鲁迅选集》送给少年大江，作为他由小学升入初中的贺礼。由此，大江开始了对鲁迅文学作品不曾间断的阅读。七年后，大江考入东京大学，邂逅了人生中另一位“拉比”——法国文学专家渡边一夫教授，开始沐浴在人文主义的光辉之下……

在人生不同时期的“拉比”引导下，少年大江掌握了适合自己的学习方法，学会了慈爱、悲悯和宽容，同时形成了不畏强权、坚持真理的个性。在这一过程中，青年大江与热恋的姑娘由佳里小姐组建了家庭，有了他们共同的孩子，开始尝试着学习自己的那些“拉比”，把悲悯和宽容、知识和智慧教授给下一代，及至成为作家后，又将这一切反映在包括这套丛书在内的文学作品里。

在谈到如何更好地处理家庭成员间的关系时，大江先生根据自己的体验和感受，在你们将要阅读的《宽松的纽带》中这样写道：

> 我的两个发育正常的孩子一天天长大，他们很自然地开始支配自己的自由时间了。也就是说，他们正逐渐从我和妻子身边独立出去。看着这一变化过程，有时我眼前会出现一种充满真实感的影像，仿佛在我和儿子、妻子和女儿、女儿和儿子之间有一条宽松的纽带，把我们每一个家庭成员相互连接在了一起。尤其是次子已经长大成人，即将成为一名循规蹈矩的公司职员，假如连接我和他之间的纽带绷得太紧，他肯定无法忍受，我也会疲惫不堪的。
>
> 因此，我们家庭成员之间的联结，就像一条宽松的纽带，总是松弛地垂着，然而，必要的时候，一方就会轻轻一拽，让对方靠近自己，或者自己顺着纽带走近对方。即使

不依靠这条纽带的引导，也能用眼睛确认对方所在的位置。这样的连接方式就更不会产生束缚感了。而且在生活中，若是面临犹如立于万丈悬崖般的危急关头时，万一一方将要滑落下去，另一方则可以从容地站稳自己的脚跟，以便用力拽住对方……

我现在把这个用宽松的纽带维系起来的家庭想象得非常美好。只是长子大江光有残疾，今后也不能独立生活，我们夫妻只能和他共同生活下去。其实我们觉得这倒是件幸运的事，尽管知道这种感情出于自己的私心。可以说连接着我和光以及妻子之间的纽带虽然不总是紧绷着，但也没有松弛地垂到地上。

日本自古以来就有一句谚语，表示世上存有三件可怕之事：地震、打雷、父亲！日本的父权思想之盛由此可窥一斑。不过在大江先生的家里，这条宽松的纽带取代了如同地震和打雷一般可怕的父权，将家庭成员温馨地连接在一起的，是父亲所给予的最大程度的慈爱和尊重。正是在这种充分尊重家庭成员的共同体里，半个多世纪以来，大江先生一直用慈父的爱心关爱着罹患智力障碍的儿子大江光，在你们将要阅读的《康复的家庭》一书里，当这位父亲面对“世界各国的康复医学专家”发言时，就曾“讲述了如何确切地揣摩弱智儿童的心理，以及这对于和还不会说话的儿子的共同生活，具有多么重要的意义；又讲述了后来我们通过孩子感兴趣的野鸟的叫声，开始了与他的交流，并且把这个过程写进了小说……如何表现我这个残疾儿子？如何解读在实际创作的过程中，残疾儿童与家人的共同生活？这些成为我的小说文本的双重文学课题。就是说，残疾儿子降生这一事件构筑了我的文学主题”。

起始于自家智障儿的文学关注和关爱，很快就扩展和升华至被其称为“新人”的世界各国少年儿童，为了他们不再惨遭南京大屠杀、广岛长崎原子弹轰炸和奥斯威辛集中营等二十世纪的人道主义灾难，为了不让他们因日本悄然复活国家主义并导致再次走向战争之路而遭受屠戮，这位老作家不断地向孩子们发出警告。在你们将要阅读的《致新人》中，这位老作家就如此告诫大家："我们虽然享受了科学进步的恩惠，但是科学家造出的核武器等带来了可能毁灭我们的危险。大量化学物质有可能使地球的环境变得人类无法居住，就连环绕地球的大气，都受到了科学生产出来的东西的影响。对于生活在科学不断发展中的人类来说，这是非常重大的问题。"尤其在二〇一一年三月十一日发生的东日本海大地震、大海啸和福岛核电站大爆炸这一连串天灾人祸之后，老作家更是在现实生活中和文学文本里奔走呼号："人们啊，千万不要过于依赖核电站等最新科技设备而忽视其可能造成的巨大隐患乃至危险和灾难，更是不要提纯核电站的乏燃料制造核武器……"

自不待言，大江先生的这种高贵品质尽管为所有拥有良知的人所赞许，却也让另一部分人恼怒异常。你们将要阅读的《在自己的树下》中，大江先生这样告诫孩子们："早在你们出生之前——直到现在，就有人提出要写出新的历史教科书，他们现在都是和我同龄的老人了。他们说这是为了日本的孩子们，也就是为了你们，能够拥有一种尊严。他们打算怎么去写呢？那就是从历史教科书上，把有关日本侵略过中国以及亚洲国家的内容统统抹掉！”这里所说的想要从教科书里删除侵略历史的老人们，就属于恼怒异常的那部分人了。

这类人不仅要删改教科书中的相关历史记述，还把大江健三郎这位诺贝尔文学奖获得者、象征着人类文明和良知的老作家送上了法庭被告席，理由是大江先生在五十多年前出版的《冲绳札记》里，有部分内容谈到在二战末期，面对美国军队的进攻，日本军队曾强令冲绳当地居民集体自杀。在保守团体的支持下，曾参加冲绳之战的原日军军官及其遗族于二〇〇三年起诉《冲绳札记》的作者大江健三郎先生，说该书中的相关表述没有事实根据，要求停止出版并进行赔偿……

面对挑衅，大江先生没有逃避，而是选择了战斗，表示要将这场战斗一直打到底。这种“横眉冷对千夫指，俯首甘为孺子牛”的品质，让我们无法不联想到另一位可敬的作家——鲁迅先生。所以，在倾听大江先生这位“拉比”时，我们不但要善于学习大师的知识和智慧，还要继承他为了真理而战斗到底的优良品质。

二〇一九年十月十八日

于绍兴会稽山麓

目录

宽松的纽带

1

在人生的许多时刻，我常常感到，自己在如何看待家人的问题上会随着年龄的增长而有所改变。我记得小时候住在森林环绕的峡谷村庄里时，天黑以后不允许剪指甲。因为听祖母和母亲告诉我，按照这个村里流传下来的习俗，晚上剪指甲，将来会与家人离散，孤零零地死去。后来我从高中毕业到刚上大学这段时间，在外面自己租房子住了，虽说我对于家人并没有特别疏远，却时常有意地在夜里剪指甲。这也许是想表明自己要自食其力地生活这一幼稚的决心吧！

时光荏苒，我结了婚、有了孩子之后，记得四十岁时去墨西哥大学讲学的时候，常常会剪着剪着指甲，突然意识到不对劲似的停下手，抬头望着黑乎乎一片的窗外发呆。那是因为妻子打来国际长途电话，告知长子的癫痫病发作了，可是我必须工作到任期结束才能回国，所以那段时期心情格外焦躁。

这十年来，即便有时看见儿女们在晚上剪指甲，我也不打算把四国山村古老的习俗讲给他们听。我想这是因为在我的内心，对子女（长子大江光除外）离开家独立生活，抱着某种宽容的心态。

2

我的两个发育正常的孩子一天天长大，他们很自然地开始支配自己的自由时间。也就是说，他们正逐渐从我和妻子身边独立出去。看着这一变化过程，有时我眼前会出现一种充满真实感的影像，仿佛在我和儿子、妻子和女儿、女儿和儿子之间有一条宽松的纽带，把我们每一个家庭成员相互连接在了一起。尤其是次子已经长大成人，即将成为一名循规蹈矩的公司职员，假如连接我和他之间的纽带绷得太紧，他肯定无法忍受，我也会疲惫不堪。

因此，我们家庭成员之间的纽带，总是松弛地垂着，然而，必要的时候，一方就会轻轻一拽，让对方靠近自己，或者自己顺着纽带走近对方。即使不依靠这条纽带的引导，也能用眼睛确认对方所在的位置。这样的连接方式就更不会产生束缚感了。而且在生活中，若是在面临犹如立于万丈悬崖般的危急关头，一方将要滑落下去，另一方就可以从容地站稳自己的脚跟，以便用力拽住对方……

我现在把这个用宽松的纽带维系起来的家庭想象得非常美好。只是长子大江光有残疾，今后也不能独立生活，我们夫妻只能和他共同生活下去。其实我们觉得这倒是件幸运的事，尽管知道这种感情出于自己的私心。可以说连接着我和光以及妻子之间的纽带虽然不总是紧绷着，但也没有松弛到垂在地上。

至少从我的角度我一直喜欢这么想。不过，我现在重新意识到，在这个问题上，有必要仔细审视一下我与光之间的关系。

3

一次，次子为了硕士论文实验总结报告的中期发表去了秩父[1]，要在那儿住一个晚上。他从很小的时候起，就是个不爱抱怨的孩子，有气也总是憋在心里，以沉默表示自己的不满。过去，我们一直都是让他送光去残疾人职业培训福利院的，所以这天早晨，我只得放下一早就开始的工作，送光去福利院。

下了电车，走在新建的高层公寓旁的人行道上时，光的癫痫病突然发作了，根据我们平时积累的经验判断，属于中度发病。我把他扶到人行道边的长椅上躺下。等着他恢复平静的工夫，我抬头去看身边的枫树和比它更高的榉树上开始变黄的树叶。

光中度发病时比较麻烦的是，恢复平静后会

---

1 日本关东地区埼玉县西部的一个市。——译者注（本书注释如无特别说明，均为译者注。）

大小便失禁。这回也是如此。发作过去后，我们继续朝着福利院走的时候，光就发生了这种情况。本想打出租车回家，可是光满身臭味，很不方便，所以只好继续朝着残疾人职业培训福利院的方向往前走。

光大概也是这么想的，照样走着。见他还走不稳当，我想要搀扶他，被他拒绝了。但我还想搂住他的肩膀，光轻微地、却很坚决地扭了一下后背，摆脱了我的臂膀。就这样，一直到残疾人职业培训福利院，我也没能扶他一下。

残疾人职业培训福利院的早晨，夸张一点说，就好像是战场。尤其老师们，个个精神头十足，紧张地忙碌着。我跟一位熟悉的男教师说明了光的情况，请他拿来更换的内裤，然后，我带着光去厕所。其实即便我没有发现光大小便失禁，那位男教师也会像我这么处理的，因为这种事肯定发生过不止一次，可见残疾人职业培训福利院的老师们是多么辛苦。

对于光来说，也受了番折腾。我一着急，就把他领进了蹲式厕所。他从小没有上过这种厕所，不会蹲，姿势很别扭地排便。我在一旁清理他的脏内裤时，想起了女儿还是高中生时告诉我的一件事。有一次，光也是这个姿势蹲在车站的厕所里解手，一地的污水，女儿从光身后使劲扶住他的身体。进来解手的男人们从敞着的门里看到这个了不起的小姑娘，无不露出敬佩的神情。顺便说说女儿的性格，她平时性情很温和，可一旦决定做某件事，就会变得坚定而又勇敢。

言归正传，从残疾人职业培训福利院出来后，我像完成了一件大事似的，一个人乘电车回家。在电车上，我想起刚才光不让我搀扶的事，这种情况以前也常有，也许是光发病后心情不好的缘故。不过，他应该不会认为发病是父亲造成的，所以应该不是对我表示敌意。只不过因为发病后感觉不舒服，使他忘记了以往对父亲的关照。实际上，平时他走在人群中或者上台阶的时候，总是宽容地让我搀着他的胳膊或者扶住他的肩膀——我被赋予这样的特权。我在仙川站下了车。和我同时下车的两个女大学生，故意在站台上大声说："那个老头，浑身臭味儿，你闻到没有？怪老头！”

今年年初，我曾经去过估计是她们上学的大学，是一场为了配合光的钢琴演奏而举办的讲演活动，不过幸好当时没有人叫我“怪老头”……

4

这件事终于使我意识到，正是由于光平时忍耐着没有表现出来，自己就一直在伤害对他来说非常重要的独立性。当然，我对自己的这种性格并不是一直毫无反省，我想起曾经有过多次机会使我思考上面这个问题。

好像是在一次关于残疾儿童的研讨会上，或者是在我发表完有关与儿子共同生活的演讲之后与参加者举行的交流会上，一位在国立大学教授残疾人教育理论的年轻学者批评我说：“你这样过分呵护儿子，会妨碍他的自立，尤其是你还公开表示，担心自己和妻子死后，儿子将如何生存下去，这是在教育残疾儿童上的大忌，这样的父母对于培养孩子的自立能力是非常有害的。即使你们夫妻不在了，你们的儿子照样会好好生存下去的。你的小说里还有这样的情节，女儿表示自己要带着残疾哥哥出嫁。这不就等于女儿决心一辈子不结婚吗？你们夫妇的这种态度，连女儿都跟着遭受不幸啊！”

看样子，这位年轻的学者无法容忍我过分注重家庭[1]的态度。他还批评我说："你把家庭与社会对立起来，把每一个个体都包裹在家庭里，使他们从属于双亲，所以，你这可是双重的反动。”他的批评完全是当年“全共斗”[2]式的语气。

当我以康复的家庭的形式进行思考的时候，较为注重的是如何借此来支撑自己，对于这一点，我也进行过反省。如果有人反问我："你说家庭相当于自己的根据地，那么没有家庭的人该怎么办呢？”我也觉得自己目前还回答不了这个问题。我还收到过一个立志当作家的人的来信，他说："文学不正是起始于对家庭的否定吗？你应该

1 加重号为原文所加，下同。——编者注

2 全学共斗会议的简称。1968 年至 1969 年日本学生运动时成立的新左翼派以及无政府主义的学生组织。

好好想想太宰治[1]的名言：‘父母应该比子女更重要！’”我常常受到这样的指责，但我不得不承认自己是离不开孩子的。

我每天都和光在同一个房间里干着各自的事情，听着同样的音乐；在兴冲冲地去残疾人职业培训福利院接他回来时，为了弥补这一段分开的时间，一路上还不停地和他聊天。这样日复一日，我竟不知不觉地暗自认定了光需要我，没有我他就无法正常地生活，当然这话我很难说出口。我现在才发觉，光靠着自己的意志力一直在忍耐着、包容着这样的我。

5

回顾我六十年来的人生历程，除去幼儿时期，对于我来说，与宽松的纽带相吻合的人际关系最使我感觉舒适，这也是我的性格使然。

---

1 太宰治（1909—1948），日本著名小说家，"新戏作派"（又称“无赖派”）代表作家。原名津岛修治，与川端康成、三岛由纪夫并列日本战后文学的巅峰人物，作品尤以晚期的《斜阳》与《人间失格》为人称道，被誉为战后日本文学的金字塔作品。

我从未参加过任何党派，但是常常以自由人的身份参加某个党派或几个党派联合举行的集会游行。当然那些党派都没有要求我加入过，我也没有提出过任何申请。有时我想，用政治术语定义的话，也许无政府主义者这样的定义和我最接近。不过，我并没有加入任何无政府主义者的组织。

我经常宣称祈祷对于自己具有重要的意义，却不信仰任何宗教。对此，有人会好心地、更多是批判性地问我："这不是自相矛盾吗？"对于这个问题，我给出的最真实的回答是："这是因为我不愿意信教，不想受其束缚，而且我固执地认为，信仰受其束缚的宗教，有什么意义呢？"

此外，和我上面强调的内容直接相关的是，我喜欢阅读宗教家的传记，尤其是亚西西的圣方济各[1]和圣依纳爵·罗耀拉[2]最终决心接受宗教最严

1　圣方济各（1182—1226），出生于意大利亚西西。他创立的方济会又称"小兄弟会"。他是动物、商人、天主教教会运动以及自然环境的守护圣人。

2　圣依纳爵·罗耀拉（1491—1556），出身于西班牙贵族，天主教耶稣会创立人。

格的教规约束前后的故事非常吸引我。

我从学生时代就开始写小说，一直到今天，因此没有正式就业的经历。即使在学生时代，我也没有参加过学校任何兴趣小组的活动——上高中的时候，我虽然做过文艺部[1]杂志的编辑工作，但那只是一年工作两次左右、每次集中工作一周的活儿。因为没有参加过文艺部的活动，所以现在我根本想不起来一起编辑杂志的同学是什么模样。反而像伊丹十三这样随意交往的同学，成了自己的终身挚友。上大学的时候，虽然自己是个穷学生，却不去住学生宿舍。我本来是打算住宿舍的，可一听学生科说，要好几个人住一间屋，而且还是旧制一高时代那种特别大的老房子，就赶紧跑掉了……

我还意识到，也许由于这样的经历，才没能使我成长为一个真正的大人。尤其在我四十岁至五十五岁左右这段时期，我很担心这种性格缺陷会成为自己文学创作上的缺陷。尽管我现在感到，

1 “部”指日本学校或公司里有着共同爱好者的活动组织。

这种缺陷本身，或许同时也是自己的文学整体中的一种积极因素。

综上所述，我想写一些以宽松的纽带这个具体意象为主题的、相互之间关联也比较松弛的文章。我希望这些文章能够自然本真地展示自己以康复的家庭为出发点的思考。

大师的眼泪

1

初秋时节，我去信州[1]松本做了一次演讲。松本市位于盆地中心，那两天一直阴天，看不见四周的群山，甚为遗憾，好在有老友相伴，成为一次难忘的旅行。

饭店大厅靠里边的地方特别摆了一张桌子，桌子后面挂着纪念斋藤管弦乐演奏会的日程表。这说明，旋律优美的音乐会将在这里举行。由此推知，乐队指挥小泽征尔[2]先生也应该住在这家饭

---

1 日本古代地名，即现在的长野县。

2 小泽征尔（1935— ），日本指挥家，出生于沈阳。跟随日本著名指挥家、大提琴家、教育家斋藤秀雄（1902—1974）学习指挥，后去欧洲及美国深造，获得多项大奖，确立了国际指挥大师的地位。

店里。在这种时候，尽管他是我非常尊敬的朋友，我也不会从自己的房间给他打电话的。于是我写了一封信，托服务台转交，这样我就很满足了。

那天晚上，为了使会场的气氛轻松起来，我在演讲一开始就讲了一个有关小泽征尔的幽默小故事。这个故事我想先从随后寄给我的录音带讲起。

2

我相信，在松本，提起我同龄人中最受尊敬的人，恐怕非小泽征尔先生莫属了。我们全家人——我的妻子和孩子，尤其身有残疾却喜欢作曲的长子光，都对他十分尊敬。小泽先生家和我家在同一条街，走路用不了五分钟。

小泽先生是一位知名人物，我又一天到晚埋头在家里读书写文章，过着社交贫乏的生活，所以我既没有去过他家，也没有请他到我家里来过。偶尔在街上遇见这位大指挥家，短短交谈几句，已是大喜过望。附近有一家老字号的荞麦面馆，听说小泽先生只要在东京，几乎每天都要光顾这家面馆。可是，我不忍心在先生难得悠闲的时候去打扰他，所以没去过那家面馆，但妻子和儿子有时会去面馆，希望能有机会见上先生一面。

终于有一天，小泽先生真的出现在了面馆。妻子还和小泽先生说了话。她兴奋异常地回家后，对我滔滔不绝地讲了起来，激动得两眼发亮，虽然我们结婚快三十年了，但很少见到她这样。

妻子告诉我："小泽先生说起今年元旦他担纲制作的那个大型电视节目，其中有一个通过卫星转播的对谈节目，出场嘉宾有他和你，还有一位好像是在圣彼得堡的罗斯特罗波维奇[1]先生。罗斯特罗波维奇先生说他喜欢你的小说，但更喜欢光的音乐。节目结束以后，小泽先生和罗斯特罗波维奇先生又谈起了此事，当时那位伟大的大提琴演奏家说想请光创作一首新曲。今年九月一日是小泽先生的六十岁生日。罗斯特罗波维奇先生说如果光能写一首祝贺生日的曲子，他就和钢琴家

1 罗斯特罗波维奇（1927—2007），出生于阿塞拜疆，是世界上首屈一指的大提琴大师，生前享誉无数。

朋友马尔塔·阿尔格里奇一起演奏，来庆贺小泽先生的生日……”

难怪妻子会这么兴奋，我听了以后也很高兴。但是，站在旁边的儿子却踌躇着说：“这样可以吗？”妻子说：“这有什么不可以呀。”我也鼓励他说：“既然罗斯特罗波维奇先生说了要演奏，你愉快地作曲就是了。”儿子答道：“好的。”可是，没过一会儿，他又说道：“这样可以吗？”

不过，还有人比我们更着急。妻子他们回来后不久，刚才那家荞麦面馆的伙计或是老板就骑着自行车追到我家来了。女儿去开了门，那个人说：“我找夫人有事。事情是这样的。夫人和光要了两份炸虾荞麦面，可是和小泽先生说完话后，没有付钱就走了。虽说小泽先生是面馆的老主顾，但是大师没有替夫人结账。”那是当然的了……（笑）

果然，在九月一日举行的祝贺小泽先生六十寿辰的音乐会上，罗斯特罗波维奇先生演奏了一首我儿子创作的新曲《讲故事》。

此前不久，小泽先生在波士顿的报纸上还讲

过光的事情。他说："自己一直有个习惯，每次音乐会结束后回到家里，就一个人听音乐，一般总是听巴赫的《主呀，人类企盼的福音》——是迈拉·赫斯[1]编曲、迪努·利帕蒂[2]演奏的唱片，但最近听起了《大江光的音乐》。虽然美国人不太知道这位年轻音乐家的名字，但他的音乐给我以安慰和鼓励。"其实，多年以来我一直是小泽先生的崇拜者，还记得他在欧洲的贝桑松（法国地名）指挥大奖赛上获得了第一名，日本的指挥家在这样大型的国际比赛中获此奖项还是第一次。

小泽先生回国的时候，等待采访他的首批记者中就有我。我那次采访大师，是为一家画报社撰写一篇报道。当时的报纸还不像现在这样专门开辟报道音乐的版面，所以相关报道很少。我是从法国报纸的获奖报道中得知"SEIJI OZAWA"（小泽征尔）这个名字的。听说先生回国，便马上

1 迈拉·赫斯（1890—1965），英国女爵士钢琴家。

2 迪努·利帕蒂（1917—1950），罗马尼亚的天才钢琴家，他的演奏技巧与同期的鲁宾斯坦齐名，极为精湛，后因患白血病，33岁便英年早逝。

要求去采访他。

那次采访时，小泽先生教给我一个词语“作音乐”。德语里有一个从“音乐”派生出来的动词，一般译为“演奏”。先生用日语的“作音乐”来表现这个词。他说：“人的生存、创作音乐、让别人欣赏音乐这三者是一个整体，我想称之为‘作音乐’。”我在归纳这次对谈内容时，特别强调了这个词。之后不久，“作音乐”这个词流行了起来。

后来，三十五年过去了。今年正月，我应邀参加了妻子上面提到的小泽先生制作的电视对谈节目。我也是第一次和罗斯特罗波维奇先生通过卫星转播进行交谈。节目开播之前，我在休息室里等候时，小泽先生走进来，对我说道：“大江先生，要说我现在通过音乐感触最深的是什么，那就是祈祷。我在思考祈祷。我在德国指挥巴赫的弥撒曲时也感受到了祈祷，在纽约与新教徒同台演奏的时候也有同样的感受。在法国指挥梅西昂[1]

1 梅西昂（1908—1992），法国作曲家，西方现代作曲家的重要代表之一。

的作品时，我既感受到天主教的祈祷，也感觉胸中充溢着日本人特有的佛教祈祷的温暖。这种感觉是否相互矛盾呢？”我大声地回答：“我认为并不矛盾。”

我接着说道：“我也快到六十岁了，在进行各种思考的同时，想要创造出一种全世界通用的语言。当然，我是用日语写作，但不想用只有日本人才能看懂的语言创作小说。我希望即使是用日语创作的，但译成英语或法语之后，无论是美国人、英国人，还是法国人、比利时人，都能够说‘啊，这是我们的文学’。我想要以创作这种世界性的、普遍性的语言为目标，来写小说。”

小泽先生说：“我也是这么想的。我认为音乐就是一种普遍的语言。”我就着这个话头接着说道：“是啊，的确如此。你正在将音乐创造成普遍性的语言。我听过你在法国的圣·多尼指挥马勒[1]作品的演奏会。那次你和法国儿童业余合唱团、

1 马勒（1860—1911），奥地利作曲家、指挥家，犹太人。作品以交响曲为主，大多结构庞大而配器手法细致多样，音乐语言与民间音乐有一定联系。

大都市歌剧团的美国黑人歌手以及法国管弦乐团的合作非常成功。在那场音乐会上，音乐实际上已经作为普遍性的语言引起了大家的共鸣，成了听众的语言，这也是我想做的事。”

创作出这种普遍性语言音乐的小泽先生思考的是对祈祷的祈祷。小泽先生所思考的祈祷既不是佛教，也不是基督教和伊斯兰教，但同时又是佛教、基督教、伊斯兰教，可以说是对于整个世界的宗教的祈祷。我对他说：“你通过音乐展现出的既能够推广到全世界范围去、又具有个性色彩的祈祷，实在太有价值了。”我记得他也很赞同我的看法。

一想到在我的同龄人中有小泽先生这样优秀的人，我便产生了勇气。以至于觉得，即便他没有请我的妻子和儿子吃荞麦面，也算不了什么了。(笑)

在罗斯特罗波维奇先生和阿尔格里奇先生一起演奏光创作的曲子、庆贺小泽先生六十岁生日的那天晚上，回家的路上我一直在想：五十年前的战争时期，我们还是小孩子。十岁的时候战争结束了，我们满怀着对未来的憧憬开始了战后的生活。战后五十年，出现了小泽先生这样的人。我要感谢上苍……我有幸与这样优秀的人相识，尽管从事不同的工作，却能够成为知音。如果这就是我的人生的话，真的是非常美好的人生。

3

我上面谈了参加小泽先生制作的电视节目的事情，由于是在元旦播出的，我以为收视率不会太高，却意外地接到好几位朋友打来的电话，说看了这个节目。我是和一位名叫安江良介的老朋友一起去信州讲演的，我在《广岛札记》的开头部分谈到了这位朋友。他告诉我说："小泽征尔先生和你谈到光的时候，这位大指挥家的眼里噙满了泪水。"我一向不习惯上电视，拍摄时从不注意对方的表情，所以没有发现。

我不认为小泽先生是一个多愁善感的人。如果换成年轻时的小泽先生，即使听我一一描述光怎样开始的作曲，怎样让我和妻子惊讶万分，又是怎样使我们的心灵得到了慰藉，大概也不会激动得流泪的。现在小泽先生已年过六旬，听了我儿子的故事而热泪盈眶，想必也和我一样，都是因为上了年纪。

我的意思并不仅仅是说先生将步入老年，因而变得脆弱了。先生毕生致力于音乐，音乐已成为他的人生习惯。他的精神、感情和灵魂已凝结成一个纯粹的结晶体，尽管我不认为这三者是各自孤立存在的。也就是说，他整个人就是一件艺术品。我觉得，这位大师以高尚而又清澈的情感，去深刻感受光的音乐和人生，才会热泪盈眶的。那天深夜，我听了小泽先生指挥的梅西昂的交响乐，也不由得流下了泪水。这泪水乃是基于自己六十年来的人生体验，这么一想，便不觉得羞愧了。

小柴狗“培根”

1

去年夏天，我和光两个人在北轻井泽的别墅里住了十天左右。由于年龄的关系，我每天早早起来，躺在书房外面狭小的阳台上看书。天大亮后，有着小雨过后般的天色。一群山雀从空中飞来。我怕惊扰它们，就停止了翻辞典。这样过了一会儿后，从光住的正房中传来声音很低的FM音乐。尽管每天早晨都是如此，我还是会不由自主地振作起来，给仍躺在被窝里的光送去一杯水，放在他枕边让他吃药，问他现在听的是什么音乐，然后精神抖擞地准备早饭。

我一个人在别墅住的时候，虽然每天的生活也是从在阳台上看书开始，也是透过岳桦树、白桦树、樱树的绿叶仰望清澈如洗的天空，并为之赞叹，但由于心中的种种郁结，我一天到晚只是埋头看书，连饭也不吃，直到弄得脚指头发痒的小虫被一只勇敢的山雀叼走，或傍晚下起了阵雨，才会起身。因此，我并没想到有光陪着我住在别墅里，不但不影响读书，而且还有利于健康。

中午，我们一般都是走着去原北轻井泽车站前面的商店街一带，吃一碗乡下拉面，买一些晚饭吃的食物回来。然后光听音乐或者作曲，我也开始工作，直至夜深。我们每天的生活都是如此。只有在吃晚饭的时候，我们才隔着餐桌而坐，聊一会儿天，其他时间基本上都是沉默……

打破我们这种一成不变的生活的事情，发生在此次别墅之行差不多过去了一半、北轻井泽大学村也开始清静起来的时候。一只小柴狗“培根”出现了！

2

伊丹十三导演曾说过：“光的音乐里包含着故事。”我以后想要把这个写下来。我也有着同样的感受。而在这个问题上，伊丹拍电影，我写小说，实际上都在赋予各自的创作活动以讲故事的意义。而且如果不具体地以光的某支曲子里所包含的故事为例的话，恐怕很难加以说明。

但是，光不会用语言讲述故事。语言讲述的故事需要包含过去、现在、将来这些时间的流逝，光做不到这一点。讲述故事的方法是让一个场景反映时间的流逝，光也做不到这样使自己的语言贴近时间的连续感觉，即法语所说的durée（期间）感觉。因此，光是靠音乐来自然生动地表现自我感觉的，能够让听众产生一种共享故事的温馨和谐感。

然而，让这样的光破天荒地用语言讲故事的人，就是光的妹妹。犹如经过长期实践而成为某个方面的能手一样，她有办法引导光说出故事。其一就是问卷方法。妹妹通过问答的方式，成功地让哥哥讲述了“培根”的故事。那张问卷我至今还保留着。

问：“‘培根’吃什么？”

答："培根。"

问："'培根'喝什么？"

答："水。"

问："你抚摸'培根'的时候，它身上很柔软吗？"

答："感觉像夏天。就像抚摸马一样。"

问："'培根'叫唤吗？"

答："从来不对我们叫。"

"请把'培根'画下来。"

一天傍晚，在北轻井泽别墅正房的阳台前面，出现了一条漂亮的小柴狗，它很规矩地站着，引起了正在窗前眺望树木的光的注意。我起初没有

发现它，听到CD的音乐播放结束后，见光还待在原地没有动，我便抬头看了一眼窗户，这才发现了那条小柴狗。虽然常有狗打阳台前面走过，但这会儿不是遛狗的时间，而且这条小柴狗毫无摇尾乞怜之态，十分悠闲地站着。

不过，我还是从小冰箱里拿出吃剩的培根，让光扔给狗。光从窗户探出身子，扔了一片培根给那条狗。一般的狗，遇到有人扔什么东西时，都会退缩一下，等确认扔过来的是食物后，就叼起来躲到安全的地方去吃。而这条小柴狗见培根落到自己的脚边，却从容不迫地站在原地叼起来吃掉了。然后，很有风度地耐心等待第二片培根扔过来……

光一片接一片地扔着培根，我在一旁给他递培根。培根很快就扔完了，我叫光扔香肠。可是小柴狗只是闻了闻滚到自己站得笔直的腿跟前的香肠，就不再理睬了。它站在那儿，依然没有离去。于是我舀出一些准备晚饭吃的汤盛在盘子里，放到露台边上。小狗动作熟练地从木头台阶爬上来，但只是闻闻味儿，又回到原来的地方。不过，等我把水杯放在阳台上时，爬到露台上来的小狗，就吧唧吧唧地喝了起来。

于是，我和光买来经济实惠的大袋装培根，用培根和水款待每天傍晚都来访的这条小柴狗。除了培根和水，它不吃别的东西，也没有表现出对我们更亲热一些的样子。我只看见过光走到它身旁喂培根时，偶尔抚摸一下它的背。小柴狗的身体很热，大概和光参加残疾人职业培训福利院组织的旅行时摸过的马感觉差不多。所以光说："感觉像夏天。就像抚摸马一样。"

偶尔从附近的别墅传来狗叫声，应该不是这条小柴狗叫的。光最讨厌狗冲着自己叫，所以他对这条小狗到家里来时绝不叫唤感到自豪而满足，所以才有了"问：培根叫唤吗？答：从来不对我们叫"。

我们给这条柴狗取名"培根"，从此它每天都到我们的别墅来。我们回东京的前一天，和来别墅打扫卫生的妻子一起，三个人散步到位于高原菜田里的、正对着浅间山的咖啡店时，"培根"一直跟着我们。当我们经过那些已经人去楼空的别墅前面时，它飞快地跑进每家的院子里，从前门到后门巡视一遍。看来它在这些人家都受到过培根和水的款待，虽说它脖子上套着项圈，但现在像是条没有主人的流浪狗，可见它是靠自己的能力才得以生存至今的。

3

那天中午刚过，我们就离开别墅回东京去了，所以那天没有见到“培根”。我们在阳台下的盘子里多放了些培根，但光仍有些恋恋不舍的样子。我想他大概是想让母亲再看一眼自己引以为自豪的小柴狗。昨天，它跟我们一起散步到咖啡店后，当我们继续往车站方向走去时，它似乎意识到前面不是自己的地盘，嗖地钻进草丛里不见了。我们回别墅吃晚饭时，也没见到它的身影。

妻子的看法是，这小狗既健康又干净，还挺有规矩，所以肯定是有主人的，只是主人工作太忙，每天很晚才能回家，白天就把狗放到外面了。可是，它为什么除了培根和水，别的什么都不吃呢？妻子说，它每天在自己家里吃的食物营养已经足够，在外面可不就只吃培根只喝水了吗？对于妻子这番煞有介事的推理，我因熟知这“培根”的习性，也颇以为然。

回到东京以后，家里人还经常提起光取名为“培根”的那条小狗。女儿就以书面问答的方式让光讲述小狗的故事，又让他画出小狗的画像。光画的小狗，除了看着好像正在叫唤之外，其他都和原型十分相像。

今年夏天，大家决定还是我和光两个人去北轻井泽别墅时，他心里肯定特别盼望能见到那条小狗。他把一大包母亲做的培根塞进了装着常用药的背包里。我自己也是怀着某种期待前往北轻井泽的。

但是，“培根”没有出现。过了几天，来了一条模样和“培根”差不多的柴狗，尽管我怀疑这狗恐怕不是去年那条，还是和光一起扔给它培根吃。我很快发觉它的吃相缺少教养，但我和光似乎在心里达成了默契——就把这条狗当作今年的“培根”吧。可是，当我们试着把香肠、鱼粉卷扔过去时，它也满不在乎地大嚼起来。于是，光毫不犹豫地粗声粗气说道：

“这条狗不是‘培根’！”

光对那条狗失去了兴趣，然而，尝到甜头的狗一直在窗外有光亮的地方转悠到深夜。第二天早晨，一打开窗户，就看见那条狗正睡在阳台上，说实在的，我和光都感到厌烦了。就这样，我们的小柴狗“培根”的故事结束了。

4

正如上面讲述的那条小柴狗“培根”的故事那样，光会特别喜欢某一条狗。不过那只狗是自己来到光身边的，光并不积极地去寻求和获取自己想要的东西，因为他基本上不会自己主动去寻找喜欢的东西。

我经常替他感到难过。从根本上说，他的人生处于被动的状态。他从来没说过自己希望得到什么样的东西，只是当他喜欢的东西来到面前时，他会欢喜地接受下来。尽管当这个东西离自己而去时，他也不会表现出特别留恋的样子。

我回老家时，曾对居住在四国森林山村里的

母亲谈起过这件事情，想必我说话时，一定流露出了为儿子感到遗憾的语气。

母亲却是这样回答我的："不过呢，比起那些只知道追求自己想要的东西的人来，好像是孤独些吧……"母亲说得这样含含糊糊的时候，往往都是在批评我。

我想起了自己小的时候，在这峡谷村庄里，因为没有新书可读，也想不出什么好玩的游戏，就只好独自呆呆地站在自家那座老式的土屋里。当我望着门外尘土飞扬的道路时，忽然有了一个大发现：沿着眼前这条道路，不论往上游还是下游去，就这么一直往前走的话，遇到海就坐轮船什么的——当时还没有想到飞机——就可以到达世界上的任何一个地方啊，可是为什么家乡的人们，却一辈子都不肯离开这山谷，老死于森林之中呢？

我记得当自己振振有词地说起这一发现时，母亲听了，没有说我什么，那个时候，母亲这样子是很少有的，她只说了一句：

"家里的孩子要是都走出去了，都不回来的

话，咱家就太冷清了吧！”

直到今天，我才意识到半个世纪前母亲说的话是与光的情况有着共通之处的。光一直没有离开家去追求自己想要的东西，然而，他不正是通过自己唯一的自由的表现手段——音乐，让听众和作曲者都积极地获得了真正需要的东西吗？这一点只要把我这个光的父亲，通过小说这种表现手段所获得的东西，与其他在旅行频繁的现实生活中所获得的东西做一下比较，就不会不明白了。

光从来没有单独离开过家门，从小到大一次也没有，然而他以自己所创作的音乐为沟通的契机，把称得上是真正能理解他的优秀演奏家请到了自己身边。我想说的是，光和他们之间产生的互动关系，显然是他积极人生的表现。

等待熊出来的时候

1

我接到过一封极其有趣的信，加上写信的人是我们全家的朋友，所以全家人兴致盎然地看了信之后，便满怀思念地议论起这位朋友来。其实这封信写得相当认真，我之所以觉得极其有趣，是因为写信的地点和动机简直不可思议到家了。

“我结婚的时候收到了你的信。由于结婚仪式要在双方的老家举行，加上有工作在身，日程排得满满的，所以一直没来得及回信。现在我又接受了一项新任务——在本州西部山区拍摄野生熊的生态。我们已经支起帐篷，万事俱备，只等熊出来了。于是利用这个时间，给你写信……”

假如只是在那儿等熊出来，时间的确富裕得

很；可要是熊突然从帐篷后面扑上来，别说拍摄，能逃命就算万幸了。单看这封信的开头，我和家里人就能想象他写信时的可笑模样，聊得更起劲了。

给我们写信的人是一位电视摄像师——也就是负责拍摄录像工作的人。虽然拍电影也有移动拍摄，但电影摄影师一般还是稳稳地坐在固定的摄影机旁工作，这也是我最近看电影摄影师拍摄才知道的。相比之下，电视摄像师使用录像带拍摄，所以动作需要敏捷而稳定，这是他们的“职业习惯”。他工作的时候，身边总少不了看似动作迟缓、漫不经心、对声音却异常敏感的录音师，以及用心周到地配备各种器材的灯光师。当摄像师瞄准从森林深处或者茂密的山白竹丛中钻出来的熊时，他们要配合摄像师，及时录入声音，确保照明……我们一家想象着这些情景，兴致勃勃地说个不停。

从去年五月到初秋，写信人H先生的电视摄制组往我家里跑得特别勤，其收获就是拍摄了一部《父子共生》的NHK纪录片。现在回想起来，我还对当时我的家人居然能够应对如此紧张的日程安排觉得不可思议，虽说这和十月初准备赴斯德哥尔摩之旅的忙碌无法相比。到了忙得不可开交的年底，全家人因为经受过与摄制组合作的历练，所以都能应付得来。去瑞典的时候，以这位朋友为首的摄制组和一些老朋友与我们同行，尽管家里人谁也没带照相机，但仍然留下了珍贵的记录。

即使以最一般的日本国民的家庭标准来衡量，我们的家庭也属于封闭型的。邀请朋友到家里来，或举办家庭宴会等，一年好像也就一两次吧。我和妻子也从来没有一起参加过半官方或者朋友家的宴会，而且，我们夫妻很少单独去赴宴，外国朋友尤其对此感到惊讶。自从光出生后，多年来我们一直过着这种无法外出的生活，这已成了我们生活的常态。由于我一天到晚都和光待在起居室里——我写小说，他作曲，光的妹妹弟弟也没有心情请朋友到家里来玩了。总之，我们一家人就是这样平静地生活过来的。

然而，自从开始拍摄《父子共生》以后，包

括制片人在内的四人摄制组几乎每天都要在我们家里待上好几个小时。最开始的那段时间，我们一家的心情比较紧张，所以，最初拍摄的那部分录像带恐怕都不能用吧。

但是，我们很快就适应了摄制组的拍摄，连坚决不上镜头的光的妹妹在庆祝光生日的家庭聚会上也没有拒绝摄像机。全家人都努力配合起摄制组的工作来。有一天，我还主动提议拍摄我和光一起做咖喱饭的情况。为此，必须先拍去超市买东西的镜头。成城学园车站前面有一家我们已经光顾了三十五年的商店，那里以前只是个普通的食品店，现在成了高级超市，我们和经理也很熟识。自从该店直接进口并销售法国葡萄酒以后，经理总是像老熟人似的亲热地跟我们打招呼，详细地介绍葡萄酒。现在每个星期我们都会去那家商店买三四次东西，因此，我就想当然地选了那家店来进行拍摄。我建议趁着上午顾客较少的这段时间，去那家店拍摄我和光买东西的镜头。然而，当温文尔雅、颇有经验、办事谨慎的年轻制片人，事先去征求商店方面同意时，却遭到了拒绝。好在新建不久（其实也有几年了）的私营铁路系统的超市同意我们拍摄。

此外还遇到了一些意想不到的麻烦。摄制组打算拍摄我在残疾人职业培训福利院门口迎接光的场面，这本来已经得到了院长的许可，而且还通过班主任征得了光的同学和家长的同意，可是，拍摄的时候，摄制组和我还是遭到了一位家长的大声责骂——我印象中他似乎是在某政府部门任过职。一些家长不愿意自己的残疾孩子上镜头，有这种过激的反应是可以理解的。我们只好表示歉意，停止了拍摄。结果，本想拍摄光在结束了一天工作之后，与伙伴们——那些愿意拍摄的人——亲热地道别的镜头终于未能拍成。

我获奖以后也遇到过一次麻烦。那是在岩手县的某个城市举办光的音乐会，我也去讲演，由纽约电视台制作这个音乐讲演会的节目。为了拍摄旅途中的情景，摄制组只是简短地拍摄了一些我们父子在电车上的镜头。但是离我们很远的座位上的一位太太说上厕所不方便（其实电车从上野发车后就开始拍摄，到达大宫站之前已经结束），向车长提出抗议后，抓住正打算下车的摄像师，不依不饶地横加指责，嗓门大得全车的人都能听见。她的矛头显然是针对我和光的。这位太太的丈夫现在是议员，好像当过什么大臣或者什么长官，因为她曾多次提到她丈夫身居公职云云。

摄像师忍无可忍，用法语回敬了她一句，那位太太更加恼羞成怒了。我倒是挺佩服她的语言能力的，竟然对法语的反应如此敏感。下车的时候，我问余怒未消的摄像师刚才对她说了句什么。这位性情温和、今天一反常态的小个子摄像师气愤地告诉我，刚才说的是：

"你这个臭婆娘！"[1]

2

在拍摄《父子共生》的那些日子里，我们全家对摄制组，尤其是对摄像师H产生了好感，我把这些写进了祝贺他结婚的贺信里，当然，我们对制片人、录音师、灯光师等各位专业人士也或

---

1 原文为J'ai dit, 'Kousso-baba'!（法语与日语混杂）

多或少地抱有同样的感情。下面是我写给H的信。

回想拍摄《父子共生》的那些日子，现在印象最深的是我和妻子、光开车行驶在高原上时，眺望着远处的大雪山，感受到的车内温馨和睦的家庭气氛。可以说，如果没有这次拍摄，我们也不可能这般畅快而又悠闲地在北海道的广阔原野上驱车驰骋。还因为，当我们全家人沉浸在这轻松愉快的时光里的时候，摄制组的每个成员一直都在小心翼翼地关注着我们，这也使我们发自内心地感受到了别样的愉悦。

那年的整个夏天，我们全家接受了NHK摄制组的采访（没想到那年的初冬，狂风暴雨袭击了我们）。后来看了这个片子，拍摄的都是很自然的日常生活场景。给我们这样既不愿意表演、也没有表演天分的人拍摄电视纪录片，其辛苦程度可想而知。我家成员以光为代表，性格又各不相同，再加上不习惯外人进入我们家庭的日常生活，说老实话，刚开始拍摄的时候，我没什么信心。

但是，我们很快就适应了拍摄，后来甚至感受到了乐趣。这自然要感谢导演、录音师、灯光师们的工作，尤其是你谦虚谨慎、认真负责的精神，使我们在拍摄的那些日子里过得非常愉快。庆贺光生日那一天，我们一家围坐在桌边。摄像机平稳而又安静地在我们四周有规律地转动。从这种安定感中，我真切感觉到了时间的流逝，这种不可思议的感觉至今仍记忆犹新。

除了这些愉快的场面，摄像机也忠实地记录下了我和光在参观广岛原子弹轰炸资料馆后深感疲惫、内心痛苦万分的场景。不用说，你们这些行家为我们留下了一般家庭难以想象的可贵记录，并且使我可以在世界各个地方谈论我对这部电视片产生的共鸣。

我在自己的最后一部小说的最后一页写了拼写错误的“Rejoyce”一词，这一镜头已广为人知了。现在我把拼写正确的这个词汇“Rejoice”（高兴）赠送给你和新娘子。

人生的路该怎么走，最重要的是要有准确的眼光，还需要坚持正确的态度。至于如何达到自己的目标，你是个摄像师，不用我说那么多了。谨附上光写的几句话和妻子画的小花。

3

我常常喜欢把“人生的习惯”挂在嘴上，这是对英年早逝的美国女作家弗兰纳里·奥康纳[1]说的一句话稍作修改得来的。人在生存过程中，总是不断地积累“职业的习惯”——这是奥康纳受到她尊敬的哲学家雅克·马利坦[2]的“艺术的习惯”启发得出的思考。当一个人遭遇到前所未有的苦难时，唯有“职业的习惯”可以帮助他渡过难关……

我曾经写过，一个人的“人生的习惯”，换言

1 弗兰纳里·奥康纳（1925—1964），美国南方文学先驱作家，曾获欧·亨利短篇小说奖。

2 雅克·马利坦（1882—1973），当代法国著名哲学家、文艺理论家，“新托马斯主义”的代表人物。著有《艺术与诗中的创造性直觉》《诗的境界及其他》《艺术家的责任》等。

之，即这个人的个性。一说到“职业的习惯”，人们首先会想到农业、渔业或者工业等世代沿袭下来的古老职业。其实不论什么样的新职业，都会有人积累相应的体验，而这职业的习惯便成为他们独特的个性，我觉得这是很有意思的。像上面谈到的电视摄像师H就是个范例。而且从事这种工作时，其作品模式能够立刻反映出来。由于其作品模式与他创作作品时的方法、风格、个性相互重合地体现出来，因此作为被拍摄对象的我们全家人，在看电视台播放时，享受到了双重的快乐，当然也包括对录音、灯光、制片人的作品整体构成的感受……

要说新兴的行业，年轻的行业，电影绝不算古老。特别是战前，电影在日本出现不久就进入第一次高峰期（将电影历史视为百年的话，相当于比其一半还早的初期），光的外祖父、电影导演伊丹万作就从事电影工作。他的电影别具一格，有着同时代的文学、戏剧所没有的崭新风貌。不但非常新颖，而且非常深刻。其代表作之一的

《赤西蛎太》虽然是根据志贺直哉[1]的短篇小说改编的，但我认为电影在揭露人性方面比原作更加犀利深入。

伊丹万作在从事这个年轻的电影艺术的过程中，经历过多次失败，积累了丰富的“艺术的习惯”。他写的文章，勾勒出由具体事例连接抽象性智慧的清晰线条。由于很久以前我编辑过《伊丹万作随笔集》，所以印象很深刻，希望该书可以改为袖珍本再版发行！因为它超越时空，与戈达尔（法国电影导演）的著作相映生辉，是一本有志于电影的年轻人的必读书。

例如伊丹万作在《演技指导论草案》中，根据自己对当时日本女性形象的细腻观察和关注，对女演员的演技提出了意见。他这样写道：

> 女演员嘴唇紧闭，因为她们误以为，无论在什么场合，只要紧闭嘴唇，人就会显得

1 志贺直哉（1883—1971），日本大正时代白桦派代表作家，以短篇小说见长，描写细腻凝练。

漂亮。

（该张嘴而不张嘴与不该张嘴而张嘴同样愚蠢。）

于是，在拍摄时，我们必须准备一根撬棍，以便随时撬开她们的嘴唇，不然的话，她们甚至敢紧闭嘴唇来表演惊愕的样子。

电视摄像师在等待熊出来的时候，如果不仅仅给我写信，还能够把自己对这门新艺术积累起来的智慧，即“人生的习惯”，记在笔记本上的话，将会成为很有意思的作品……

就在今天结束 / 感觉不可思议吧

1

“大江光特别演奏会”马上就要开始了，我们一家人都待在“果园大厅”的后台，从电视监控器里看着这个预演场面，等着导演对作曲家，也就是光嘱咐些什么。我在这儿的角色是光和妻子的保镖兼跑腿。难得有这么清闲的时候，我正好利用这段闲暇任思绪驰骋起来。

Orchard的意思是果园，我在四分之一世纪前翻译的诗里出现过这个词。当时我经常去冲绳，根据实地调查和资料写了一本《冲绳札记》，在该书的扉页上，我引用了澳大利亚女诗人朱迪斯·莱特[1]的一首诗。尽管我有两位朋友是国内英国文学研究方面的权威，但我还是以自己的业余水准阅读英美的诗歌小说，进而去这些国家旅行，以使自己的触觉更加敏感，寻觅新的研究对象。正如我在后面要谈到的，在威尔士发现了R. S. 托马斯[2]一样，在澳大利亚旅行期间，我得到了这位伟大女性的诗集。

> 血红的线绳仍将我们紧缚在历史上/我们怎能不发狂？
>
> 老虎啊，你徘徊于我们所有的过去和未来/搅扰孩子们的睡眠，横穿我们的果园之梦，留下令人可怕的足迹。
>
> ——朱迪斯·莱特《火车》

1 朱迪斯·莱特（1915—2000），澳大利亚女诗人、环保主义者。生前曾出版多部诗集，作品主要以对环境的敏锐关注而著称。

2 R. S. 托马斯（1913—2000），英国诗人，威尔士诗坛泰斗，一生创作丰厚，多次获得各种诗歌奖项。诗作魅力与深度在20世纪英国诗坛独具一格。

这首诗的第一段中有一句诗是“火车由西向东去”。诗人倾听着满载军用物资和士兵的列车从澳大利亚西部边境开往东部城市（大概要在那里换乘轮船）的声音。这是一首直言不讳地描绘战争的诗歌。

我的思绪又从澳大利亚回到了冲绳，思索起近来被媒体炒得沸沸扬扬的冲绳美军基地事件。大田昌秀知事一直采取强硬的态度，敦促日美两国政府反省冲绳美军基地的现状。他不仅是我的老朋友，也是把冲绳的文化与现状讲授给我的老师。在我写作《冲绳札记》的时候，我加入了冲绳非军事化的团体，该团体的核心人物都留重人在最近一期的《世界》上发表了回忆文章。

我们的提案如下：要求国会通过由以下两点构成的冲绳非军事化宣言，即美国在归还冲绳的条约生效后迅速撤走美军基地，同时日本政府承诺不向冲绳派遣自卫队。

都留重人在文章中回忆，该提案被以不切实际的幻想为由未获采纳。但从冲绳的现状来看，这完全是科学的、远见卓识的合理设想。然而，不单是批评者，我们也不具备实现这个设想的想象力和行动能力，因此冲绳仍不得不继续背负军事基地这个沉重的包袱。

大田昌秀知事说，要求修改现在的冲绳地位协定与那起美军士兵强暴女学生事件没有直接关系。当然，对知事来说，那起事件并非不重要。他是依据自己多年来的经验、人道原理以及未来发展趋势，对生活在根据冲绳地位协定而成为美军基地的冲绳这块土地上的人民应该如何承担责任和主张权利而提出该提案的。

2

从监控器的喇叭里一传出舞台上排练的声音，我就不由自主地进入了现实生活中没有的美妙世界。我打算在这次音乐会结束后，至少几年内不再举办我和光这一年来一起举办过多次的“音乐·演讲会”，目的是为了光的作曲能达到一个新的境界，我甚至想好了他的第三张CD取名为《崭新的大江光》。让光去残疾人职业培训福利院的同时，集中精力作曲，我自己也想好好读读斯宾诺莎[1]的书。

因此，我将会有一段时间感受不到音乐会后台的热闹气氛了。现在想来，其实我也很喜欢这样的场所和气氛。我在一旁观看、倾听这些专业人士的现场排练，深切感受到他们一丝不苟的敬业精神，尤其是几位第一流的演奏家，他们非常认真地参加光的作品演奏。在我人生的黄昏时刻，能够和这么多才华横溢、经验丰富的年轻女性相识相知，实为不曾料到的幸运。而且，黑柳彻子女士[2]亲自主持了这场音乐会，使我倍感荣幸。

音乐会之前，我给黑柳女士写了这样一封信。

黑柳女士：

您是我年轻时候就开始交往的为数不多

---

1 斯宾诺莎（1632—1677），荷兰哲学家。西方近代哲学史上重要的理性主义者，与笛卡尔和莱布尼茨齐名。主要著作《伦理学》。

2 黑柳彻子（1933— ），日本著名女作家、著名电视节目主持人、联合国儿童基金会亲善大使、日本社会福利机构小豆豆基金理事长、日本文学俱乐部会员、世界自然保护基金日本理事、岩崎画册美术馆馆长。代表作有《窗边的小豆豆》。

的女性朋友之一。多年来一直想给您写信一诉心曲，却不觉拖延至今。

此次音乐会上，有许多优秀的音乐家亲自演奏光的作品——他们不仅演奏出具有穿透力的音乐，而且富有人格魅力。仍旧由您出任该音乐会整体的组织者兼主持人，趁此机会，我才给您写了这封信，可以说这正好暴露出了我不大勇敢的个性。

我为光的作品《毕业》配了一首诗。这是我一生所写的为数不多的几首诗之一。不久前，在一所大学的演奏会上，我和未来的护士姑娘们一起倾听小泉浩先生演奏的这首曲子时，突然有了个意外的发现，而且对我来说，是个具有深切体验的新发现。

这一新发现就是，我这个散文作家所写的屈指可数的几首诗里，蕴含着自己没有意识到的重要含义。诗是这样开头的：

就在今天结束
感觉不可思议吧　真是不可思议

这不正是不远的将来，我即将孤独死去时与光告别的情景吗？从小时候起，快乐的时光总是这样转瞬即逝，让我百思不解，因此养成了我悠然而又匆忙的个性。且不说我的人生是否快乐，如果今天结束一切，我一定会感觉不可思议，而非恐惧悲哀。如果我对光说这些话，他大概会像往常那样慢慢悠悠地回答："不可思议啊。"

辛夷花在风中摇曳
毕业了　再见

对于这两行诗，无须做什么解释。有关人的死亡（这是我通过长期阅读威廉·布莱克[1]的书籍，说得复杂一点，加上阅读唯理教主义和新柏拉图主义书籍感悟到的直觉），我是这样看的：

1　威廉·布莱克（1757—1827），19世纪英国浪漫派诗人，版画家，主要作品有诗集《天真之歌》《经验之歌》等。早期作品简洁明快，中后期作品趋向玄妙晦涩，充满神秘色彩。

我们的灵魂离开了原来的肉体，也就是从这个世界“毕业”了。然而，并非一切还原为无，就是说，并非等同于没有出生过，我只是去了某个地方。这个地方既不是基督教的天国，也不是佛教的净土，但至少可以肯定是与这世间不同的地方，尽管我无法预见那是什么样的地方。

我自己的灵魂去了那个地方，不久以后，光的灵魂也去了那里。然而，由于我和光原来的肉体已经完全不存在了，就如同两股风在树间穿行，我们肯定是相见不相识，像我在诗歌的最后一节所描绘的感觉那样。

将来我们若相逢，
你能认出我吗？
我能认出你吗？

我现在能够这样怀着深沉而又清澈的悲伤思考这些事情，完全是受益于光的音乐的启发，下面您也即将听到。我要对包括光在

> 内的、现在共享这音乐的所有人，献上深深的谢忱。

3

脚步匆匆地走过后台走廊的演奏家们，显示出了有条不紊的紧张感以及胸有成竹的自信，看着他们，我感觉很愉快。意大利年轻的实力派演奏家安德烈·鲁克希尼还特意到后台来看望我们，他的大手非常有力。“Grazie！”光用上了他拿手的“问候语”，特别高兴。

然后，我开始在节目单空白处起草音乐会结束时的谢词，我这个人没有草稿就讲不了话。本想听完演奏再修改一下的，姑且将谢词的草稿抄写如下。

> 刚才光已经向各位演出者表达了感谢，这是他发自内心的感谢。可是，他没有向黑柳彻子女士致谢，我想这并不是因为他忘记了，而是他有心这么做的。英语里有thoughtful这个词，意思是出于深思熟虑而对

他人的亲切体贴。光虽然无法用语言仔细思考，但他也具有这份体贴之心。所以，他把对黑柳女士的致谢留给了我。

前天晚上，因为第二天福利院休息，光跟我们一样，也睡得很晚，他和我们一起看了有关黑柳女士在海地探访的报道。也许当时他从我的表情上感觉到了什么吧。

刚刚从海地回国的黑柳女士，显出了少有的疲惫，蘑菇形假发也歪了。长久以来人生的艰辛与肩负世界重任的辛劳，使黑柳女士的表情呈现出悲戚与庄严，使我感动至深。

看到她拍摄的在医院里等死的孩子们的镜头，我想，假如没有音乐的拯救，那么光的灵魂，还有我和妻子的灵魂不是也会无望地躺在这里，饱受这样的痛苦折磨吗？

我本想再给黑柳女士写一封信，倾诉自己的感受，但考虑到她在这么短的时间里连续接到我的两封信会受到惊吓，以为我是在向她倾诉自己的黄昏恋情，于是改为在这里致谢，并委托黑柳女士把长崎基督教大学送给我的干净支票转交给为那些儿童设立的基金会。

当然，我也要向各位演奏家表示感谢。海老彰女士、小泉浩先生、加藤知子女士、小林美惠女士、荻野千里先生、上村升先生、筱崎史子女士、庄村清志先生，谢谢各位！对鲁克希尼先生致以千万分的谢意！

后期风格

1

埃利·威塞尔[1]少年时曾经被关进纳粹集中营，面对过死亡的威胁，但侥幸存活下来，写出了《夜》等真实揭露大屠杀的优秀作品。为了做他的访谈节目，我去了美国。不过，在纽约我只逗留了四天，随即返回了日本。

这么短暂的旅行，使我难以有计划地参观名胜古迹、欣赏歌剧或音乐会等。到饭店后的头一两天，我过着日夜颠倒的生活，一味地看书，没有连续睡上过一个小时，倒也没人干扰，正适于

1 埃利·威塞尔（1928—2016），美籍犹太作家，1986年获诺贝尔和平奖。

看书。从第三天开始录制对谈节目。我这次去美国，除了为和埃利·威塞尔对谈才出门之外，其他时间一直待在饭店里。只有最后一天晚上，才出去和一些可敬的朋友见了面。

在拉上了窗帘的房间里，我看的是埃利·威塞尔与法国新闻记者菲利普·德·圣-舒伦的访谈录《罪恶与放逐》，我在与埃利·威塞尔对谈的时候，也引用了这本书开头的部分，以表明自己提问的基本态度。

菲利普·德·圣-舒伦试图让埃利·威塞尔回忆一件事，他说："今年早些时候，您获得了索邦大学名誉博士的称号，当时您在致辞中谈起自己的过去，说您小的时候，每次从犹太人创办的初中回家，您的母亲总会这样问您：'今天，你向老师提出好问题了吗？'"

临出发前，去纽约的事我只告诉了一位朋友简·斯坦因。她出生于很有教养的家庭，在瑞士留学时，曾是福克纳最后的恋人。现在她是文艺杂志《大街》的编辑兼发行人，很有些知名度。今年六月，她与长期一起生活的医学家特鲁斯特恩·威塞尔（恰好与埃利·威塞尔同姓，但毫无关系）正式结婚。

这位特鲁斯特恩是少数几位我能够亲热地称呼其教名的外国友人，说起来，我与他的相识很是奇特。我在一次文学会议上认识了简·斯坦因，她立刻邀请我去她家做客。简·斯坦因颇有点名气，与诺曼·梅勒[1]等众多社会名流都有交往。我第一次去她家拜访时，在座的就有漫画家斯坦伯格，他画的理智而又文雅的漫画正是漫画家自身形象的写照。我是在十五六岁时、每天去松山的美国文化中心复习考大学的时候第一次看到他的漫画的。另一位是我早就认识的“垮掉的一代”的诗人艾伦·金斯堡[2]。此外，来宾中还有因大作《东方学》而出名的比较文学教授爱德华·萨义

1 诺曼·梅勒（1923—2007），美国犹太裔著名作家，代表作《裸者与死者》。

2 艾伦·金斯堡（1926—1997），美国“垮掉的一代”代表诗人，20世纪世界著名诗人之一。诗作明显受布莱克、惠特曼等的影响。

德[1]，后来我们成了无比亲密的朋友。

我那时在世界文坛上还是个近乎无名的作家，主人也许是考虑到我出席这种美国名流聚会时会不自在，于是由特鲁斯特恩主要负责招呼我，当时他还没有和简·斯坦因正式结婚。他举止率真，尽管并不年轻了，却依然风趣俏皮，以至于我以为他是一个自由撰稿人。我的英语不大好，那天晚上，只听到大家似乎在谈论新任洛克菲勒大学校长的某某人、难以找到接替美籍日本女教授的人选之类的话题……

一年以后，我接到特鲁斯特恩打来的电话，说他来东京了，第二天下午有空，想和我见个面。我以为他是来东京采访的，就告诉他，光的第一张CD要在明天录音，如果你在录音快结束的时候过来，就一起参加晚餐会吧。特鲁斯特恩回答说，那样的话，他很想看看录音的全过程，并让我去饭店接他。

---

1 爱德华·萨义德（1935—2003），美国文学理论家与批评家，也是巴勒斯坦立国运动的活跃分子。他提出的“东方学”最为世人所知。

第二天录音的时候，特鲁斯特恩独自坐在监控室的最前排，凝神聆听长笛和钢琴的演奏，仿佛陷入了静静的沉思。之后，他夸赞光具有作曲家的独创性，他是第一个评价光的作品的外国人。录音结束后的晚餐会上，他一直和漂亮的女钢琴演奏家海老彰子热情交谈，表现得潇洒而有风度，很让我感觉意外。后来，他对我说应该把光的CD介绍到国外去，这给了我们很大的鼓舞。其实那个时候，无论是CD的制作者，还是光的父母以及演奏家们都根本没想到光的CD会受到听众的热烈欢迎，并获得金唱片奖。制片人告诉我只要卖出两千张就不会亏本。我为筹集这笔钱，接了NHK的《文学再入门》电视讲座……

然而，光的CD要想在美国发行，就需要一位著名人士的推荐。当我谈到这个事情的时候，特鲁斯特恩一本正经地自我推荐说："我就可以。我是一九八一年诺贝尔生理学或医学奖的获得者、洛克菲勒大学校长……"

就这样，我与特鲁斯特恩之间的友谊更加深厚了。当他和简·斯坦因结婚的时候，我们全家制作了一本书作为他们的结婚贺礼。我曾给《纽约时报》写过一篇回忆战败之日的小小说，并附有一张当时家人的照片。简·斯坦因说她很喜欢这篇小说。于是我把这篇报道的剪报、小说的日文原稿、光的乐谱原稿以及妻子画的一张水彩画合在一起制作成一本书，并请我的老朋友、著名装帧设计师栃折久美子女士进行设计，这本书制作得十分精美，封面用的是美丽的波纹纸，四角还包上了皮革。

我小心翼翼地把这本书装进手提箱里飞往纽约。

2

入住纽约饭店当天，我躺在床上，打起精神给简·斯坦因家去了电话。简·斯坦因不在家，我托西班牙语口音的女佣转达。下午，简·斯坦因打来电话，说了一些欢迎之类的话。不大工夫，爱德华·萨义德也打来了电话，是简·斯坦因通知他的。听到他爽朗有力的声音，我感到很高兴，把这一感觉告诉他后，他说："嗓门是不小，身体可不好。”

爱德华·萨义德先生正和白血病进行着顽强的搏斗，在敬重这位学者的人中间，这早已是令大家忧虑的话题了。我们不是医生，对此无能为力，但还是经常互通信息，一听到他的病情有所好转的消息，就会发自内心地高兴。我和他同年，我曾经把他比喻为动作片大明星埃罗尔·弗林式的理智型人物，连声音都一模一样，想象这位身材魁伟的美男子工作时的样子，是件令人愉快的事。《东方学》出版后，近几年，他又出版了《文化与帝国主义》，这是一部非常重要的著作。他还把在加利福尼亚大学阿拜因分校（经我和他共同的朋友三好正夫介绍，我也在该校讲过学）教授的音乐主题讲义编纂成书，献给不仅教会他钢琴、而且对他的人生产生巨大影响的爱好音乐的母亲。

今年春天，这位萨义德先生来到日本。尽管都知道他患有痛苦的疾病，我国大学和政府部门还是按照接待国际著名学者或作家的惯例，给他安排了令人吃惊的紧张日程。他不得不推掉了在日本报刊上发表对谈的所有安排，只选择了我和他的对谈。

对谈的内容发表在《世界》(1995年8月号)上，我们谈论的话题是“后期风格”。贝多芬的弦乐四重奏就是典型的例子，也可以回想一下许多作家晚年的创作情况。正如艺术家处于创作初期时的风格具有勃勃生气一样，他们的晚年也有其独特的“后期风格”。艺术家通过这“后期风格”，不是可以将自己人生积累的生死观以及对下一代人的期望告诉给人们吗?

我谈了自己的这些看法后，萨义德这样说道：

> 关于后期风格的思考涉及两个问题，刚才大江先生都谈到了。一个是死亡率（人总有一死的有限性）的问题，也就是人在面临死亡、预感到死亡时意识到的问题。对您来说，也许就是儿子的出生。从那时开始，您就一直感觉到有什么东西在干预自己的生，自己必须直面什么终极性的东西。这是一个

问题。对于贝多芬等艺术家来说，则是衰老的问题，预感死亡临近的问题。而您所说的“被逼得无路可走”的感觉也是其中一种。

还有一个牵涉到作家与时代关系的问题，也很重要，很有意思。那就是艺术家是否可以不隶属于一个时代？我们无意识地相信自己与时代精神相关联，认为自己是当代人，但后期风格问题则提出了能否超越时代去思考的设想。

……

我不便对您的情况发表什么看法，还是说说我自己的病吧。就在我刚刚意识到自己正逐渐走到生命的尽头时，突然患了这个病。这也是因为我在诸多方面与自己所处的时代对立之故吧。许多对立问题，用我自己的表述就是，说到底，仍是作为巴勒斯坦人生存的条件问题吧。

……

我不认为能够找到一种可以解决所有问题的哲学或世界观，针对这个问题，我提出了意识到一切事物中的不和谐声音的后期风格的观点。

我与萨义德谈得十分愉快，但如果仅从上面抄录的这部分内容来看，也许觉得难解。所以我回忆着那次在新宿的饭店里团聚的融洽气氛，用自己的语言来表达谈话的内容吧。

首先，萨义德并不认为所谓“后期风格”就像老人讲故事似的，认为社会与人生是那么调和、那么四平八稳的。他举出与自己相似，也是半个音乐行家的德国哲学家阿多诺[1]为例加以说明，并且认为即使是贝多芬后期的弦乐四重奏曲，也包含着阴郁紧张的要素。他在接近人生的终点时，决心发出自己并非顺应时代潮流的声音，以明确地表现自我。因为他认定，如果不这样做，自己的整个人生将变得毫无意义。他完全不像有的人那样，一心只想着圆滑地融于传统，服从社会权

1 阿多诺（1903—1969），法兰克福学派哲学家、音乐理论家、社会学家。20世纪最重要的德国哲学家之一。

威，甚至索性自己成为权威、获得艺术院恩赐奖什么的，以获取众人的尊敬和爱戴。他的人生与这种活法迥然不同。

确立这一“后期风格”而生存，即与企图同化自己的许多势力对立而生存。萨义德是巴勒斯坦人，他的祖国正陷于生死存亡的包围之中，要像个真正的人那样生活下去，势必会与周围的一切对立，甚至与同胞的妥协声音相对立。

萨义德认为，这个世界是为了强迫不断与之对立的人屈服，才让他得了这种疾病的。正是因为如此，自己更要通过与疑难病症进行搏斗、顽强地活下去之举，奏响亟待解决的不和谐声音，以他独一无二的音乐，逆世界与时代的潮流而震撼天地。

3

在简·斯坦因可以俯瞰赫德森河的豪华寓所里，我们和萨义德夫妇等几个人共进晚餐。萨义德先生依然是餐桌上最健谈的人，但看得出他身体状况不佳。我朗读了一段自己书里写给他的长长的献辞，他激动得站起来，走过来和我握手，他的手软绵绵的，以朋友间的握手而言，简直难以置信。分别的时候，他那双无力的手久久地握着我的手，对我说："我在战斗，在战斗！"我回国后收到的第一份传真是简·斯坦因发来的，她告诉我一个好消息：萨义德为了恢复健康，决心开始游泳——那天共进晚餐的时候，萨义德也像谈论暑期计划的中学生似的爽朗地说，要通过游泳使自己成为"新人"！哥伦比亚大学还为萨义德每天早晨游泳提供了专用的游泳时间。

我相信爱德华·萨义德能够战胜疾病，成为一个"新人"，完成体现他"后期风格"的优秀作品。听说他正在撰写回忆录，并即将完稿。这将成为一部无论在知识上还是艺术上，抑或作为现代史上的一个传奇，都会让人兴味无穷的回忆录。我能这样充满希望，是因为纽约最优秀的医生们正在为挽救爱德华·萨义德这位杰出学者的生命而同心协力地工作着。特鲁斯特恩也为此向自己医学界的朋友发出了呼吁，由此可知他是最值得信赖的朋友。我相信，这个世界，这个时代，甚至连超越这个时代的力量也都会向萨义德先生这样的人伸出援助之手的。

“道德”这个词

1

我和埃利·威塞尔的对谈是在他位于横穿纽约市中心的美国林荫大道的财团事务所里进行的。这位诺贝尔和平奖获得者出生于匈牙利，身材却像个矮小的法国人。他举止优雅，富有魅力，而且精力充沛。有着一头金发、宛如母狮般的夫人一直不离他左右，一边不时地插话，一边还出来进去地处理各种事务。

埃利·威塞尔是纳粹大屠杀的幸存者，为了不让人类重演这段历史悲剧，他多年来一直勇敢地为此而奋斗。虽然难免受到各种批评，但我从他身上感受到了理想主义活动家特有的激情，与这种激情并不矛盾的是，他能够深思熟虑地讲话。

他给我的印象是，讲起话来滔滔不绝，却不使人反感。他所说的话给我的感觉似乎是在哪儿听到过，但对于报纸打算刊登我和他的最新对话内容，我心里还是有些焦虑。

从我在近四十年前看到的弗朗索瓦·莫里亚克给《夜》写的序言中的描绘开始，埃利·威塞尔就在我心目中留下了美好的形象。

莫里亚克平时过着封闭式的生活，尤其害怕应对媒体。然而，当他与特拉维夫报社派来的年轻以色列记者一接触，心情顿时开朗了。他告诉这位记者，妻子经常跟他讲起，在德国占领时期，她曾亲眼见到货车里塞满犹太人的小孩。他一直忘不了妻子说的这件事。年轻的记者回答道："我就是其中的一个……"

现将报上登载的、我与埃利·威塞尔对谈的开头部分转载如下。

威塞尔：大江先生，您获得诺贝尔文学奖的时候，我们都非常高兴。这是因为您的作品不仅具有文学意义，而且具有道德性的意义。我认为，作家的作品必须具有道德性。我一页一页地翻看您的书，每一页都使我感受到您作为作家、作为人、作为父亲，是在不懈地追求道德。

大江：谢谢。我把“道德”这个词也理解为“人生的意义”。

……

我为什么在对谈中对“道德”这个词重新定义了呢？其实这一段是我在审阅记者整理好的对谈内容时，考虑到日本的读者，后加上去的。当然，也因为我对道德、道德性这类日语，总感觉有些不踏实。

假设他对我说：“您从不喝酒，除了夫人之外，对其他女人不抱什么兴趣，真是个道德家呀。”且不说我现在已经到了这个岁数，即便是年轻时候，老实说，我也毫无成为唐璜的天分，尽管如此，我仍然会赶忙说“哪里哪里”予以否定，特别是对于那句话的后半部分。因为我在自己的文学作品中，一向特别注意塑造摆脱了这些世俗道德规范、获得自由的人物形象。

威塞尔是一位优秀的法语专家，这大概得益于他长期当教师的经历。他的英语发音也非常漂亮，尽管英语并非他的母语。听着他那流畅准确的英语，我想起英语里的articulation这个词。我在撰写这个随笔连载时，在《黄昏的读书》那几篇里会引用诗人R. S. 托马斯答记者问的一句话，现将笔记本上的原文抄录一下："我们必须明确阐述思想，直至最后。"（We must remain articulate to the end）也就是说，我对articulation这个词有种特殊的感觉。

现在回想威塞尔当时所说的那个英语单词，在这里译成道德、道德的，好像使用的是形容词moral。我觉得日本人不经常使用名词morals，但经常使用moral和morality。日本人之所以宁肯使用"道德"的外来语，我认为主要是想把它和含有儒家色彩的汉语词"道德"区别开来进行思考。

我也打算重译moral这个词，结果找到了认真思考"人生的意义"的态度，这样的表达方式。

2

写了上面这些内容，可能会被人讥讽为满嘴道德说教，但我认为做人最基本的态度应是诚实。说到底，与残疾的孩子共同生活，才使我获得了这一信念。

这几年我们感到最明显的是，光正在失去幼儿时代那种天真烂漫、活泼开朗的性格。近几年来，他的身体状况一直不好，恐怕也难以好转，并且渐渐地流露出成人才有的忧郁。

别墅的抽屉里随意放着一盒孩子们小时候一起玩耍时录下的录音带，光一听到录音带里的声音，就会变得兴奋起来，他对于自己那么爱说话，而且处于谈话的主导地位很是惊讶。那个时候，光和弟弟妹妹经常玩“马拉松”，在北轻井泽树林的山坡上跑来跑去，而且速度相当快。这一切恍如梦中的记忆，岁月流逝，无法重新来过……

光在活泼开朗的幼儿时期，就具有认真诚实的性格。我这个当父亲的，一想到什么玩笑话，总爱不管不顾地说笑一通，控制不了自己。好像我从小就是这样，所以上国民学校（战时的小学）的时候，成了校长的眼中钉，不知道为这个挨过多少打。

记得校长叉着腿坐在椅子上，让学生在他面前站成一排，然后每次叫两三个学生出列，他左手按住学生的右边脸颊，右手握成拳头狠揍其左脸。

有一天，我们照例在校长面前站成一排。校长叫到我的名字时，我的脑子正在开小差（这也是我从小就有的毛病，几乎算得上是顽症了），没有应声出列，校长的脸上似乎掠过一丝疑惑，结果我竟然免于挨揍！起先我暗自庆幸自己运气好，但是，后来我在晚上睡不着觉的时候想来想去，得出这样的结论：虽然校长不该体罚学生，但我要是老这么逃避体罚，就会变得没有出息。于是，从第二天开始，每当和其他幼小的牺牲者一起在校长面前站成一排的时候，我总是全神贯注地听校长叫名字，以免听不到叫自己。我憎恨甚至轻蔑校长——这是我人生中第一次轻蔑大人，但我并不害怕因为耍滑头而惹怒校长，我只是为了恪守自己的结论。

总而言之，我小时候虽然是个喜欢开玩笑的孩子，但也是一个特别诚实的人。

3

光更是直接继承和发展了我的较真性格。他进入残疾儿童学校中级班以前，心理状态极坏，曾经在走廊的狭窄地方，把弟弟的脑袋使劲按在墙上，但他从来没有打过弟弟。不过，从残疾儿童学校高级班毕业前后开始，当一家人围坐在桌边聊天时，一有人开玩笑——这种情况多半是我引起的，他就用手掌啪啪地拍打桌子，表示自己不高兴。

对滑稽的事感兴趣，也是光幼儿时就有的性格，现在依然如故。例如，光和妹妹都很喜欢滑稽歌曲的歌手嘉门达夫的CD。歌曲采取问答的方式。歌手问：“有个贝多芬在这里，是你吧？”另一个人用《命运》开头的曲调回答：“不——是——我。”歌手说：“就是你！”用这样的形式反复演唱。而且他还喜欢看电视娱乐节目里的耍活宝或搞笑场面。

但是，只有演员认真表演出来的滑稽，光才会接受。例如，光非常喜欢NHK的《日本人的提问》节目，尤其喜欢主持人矢崎滋先生（这是光特有的礼貌而亲切的称呼）那种装傻充愣的幽默，他还津津有味地阅读记录这个节目的书。

我们和光交谈的时候，一般是顺着他的思路走，倘若我故意突然转换方向，就会引起他的恼怒，他会使劲敲打餐桌，把盘子里的菜几乎都震了出来。

结果，开玩笑的人，也就是我，便打了蔫儿，光也闷闷不乐。接下来，他的妹妹或者母亲就出来打圆场，这已成为我们家一个新的习惯。因为这不是一天两天的事，已经有相当长的日子了。有一次，残疾人职业培训福利院的老师在家长联系本上写了："光在午饭时与同学发生冲突，但很快俩人就和好如初了，请你们不必担心。"我和妻子看了以后，猜了老半天，还拐弯抹角地问了光本人，可也没有问出个所以然，这事就一直挂在心上。我们估计这类小事件大概也和我们家里发生的情况差不多吧。

光与外界，当然最多的还是和家人之间的心理差异是如何产生并扩大的呢？光的确喜欢逗笑的事，无论是逗笑的语言还是逗笑的思维，当然是单纯的，尤其是当自己使用这样的语言或思维逗得亲人们笑起来时，他也会从心底愉快地笑出来。

然而，如果他是听者，从一开始就不了解对方是在跟自己开玩笑，而发现自己一本正经听着的事情变成了玩笑时，就会气得使劲拍桌子，来表达不满。我这个人平时喜欢开玩笑，因此在家里一般都是我把光惹火后，自己打了蔫儿，只好进行自我反省。“唉，做人最基本的就是诚实啊……”

4

现在再回到我与埃利·威塞尔的对谈上来。

他说：“我认为，作家的作用必须具有道德性。我一页一页地翻看您的书，每一页都使我感受到您作为作家、作为人、作为父亲，是在不懈地追求道德。”

我的回答是：“我把‘道德’这个词也理解为‘人生的意义’。”

如果我是小说的读者，作者站在“道德”的立场对我说教的话，我会顿时兴趣索然。所以我从小就不看这类小说。对于儿童文学，我小时候一直很厌恶，不愿意接触，恐怕原因就在这里。我的儿童时代正是太平洋战争时期，偶尔得到一本新出版的杂志，里面的童话、儿童小说中充斥的“道德”臭味，对幼小的心灵来说毫无益处。现在想起来，那种“道德”就是要把极端国家主义的理论自上而下地灌输到每个家庭里，要国民坚决贯彻执行。我是在最底层的“小国民”，抬头往上看，上面有父母（主要是父亲），再上面是国民学校的校长，最上面是天皇陛下！这就是自上而下进行思想灌输的构造。

幸运的是，我的父母亲不是那种自上而下思想灌输构造的信奉者。父亲是个严肃谨慎、少言寡语的人。当时他从事加工造纸原料三桠（黄瑞香）的工作。有一天，一个来跟他商量仓库管理的伙计，顺口说了个黄色段子，父亲听了很吃惊，也很生气。回想起来，我和光之间确实存在着某种相通的性格，这种性格随着我幼儿期少年期过去而消失，但光的内心深处却一直保留着少年时期的痕迹，从积极的一面来说，他始终保持着儿童时代的闪光个性。

我的父亲没有以"道德"的标准去要求孩子，也由于父亲过早去世的缘故，在我心里，他并没有成为一个极端国家主义精神在最底层的象征。父亲死后，母亲给我找来的也是《尼尔斯骑鹅旅行记》[1]《哈克贝利·费恩历险记》[2]这种与战时日本的"道德"相距甚远的书。

显然，我是感受着尼尔斯、哈克贝利所追求的，与一般意义上的"道德"迥然不同的"人生意义"的魅力成长起来的。这种感受形成了我青年时代创作小说的文学观基础。基于以上有关个

---

1 1909年诺贝尔文学奖获得者、瑞典女作家塞尔玛·拉格洛芙（1858—1940）的代表作，是瑞典发行量最大的文学作品之一，已被译成五十余种文字，奠定了作者在世界文坛的地位。

2 美国近代作家马克·吐温（1835—1910）的重要作品。

人经历的回忆以及感想，我想把刚才自己说的那句话稍稍修改一下：

“所谓文学，其本质就是诚实。”

尼尔斯与《源氏物语》

1

去年获奖以后，并不是没有人提出要为我举行庆祝会，只是我没有勇气接受。因为当我说了差不多十个朋友的名字时，便想不出还有谁了。就在这个时候，瑞典驻日本大使馆为我举行了一个规模正合我意的宴会，妻子和光都高兴地出席了。过了不久，一位年轻作家写了一篇文章，胡说什么由于我和妻子经常双双出席瑞典大使馆的宴会，才获得了这个文学奖。其实，在这以前，我从来没有和妻子一起去过瑞典大使馆。我前面也写过，有残疾孩子的家庭，如果没有比一般家庭优越、甚至要优越得多的生活条件，是不可能夫妻俩一起出门参加招待会的。此外，我们带光到斯德哥尔摩去，也遭到了一些报道的批评，其实真正的原因是我们不可能把他一个人留在东京；不用说，光的旅费、食宿费都是由我们自己负担的。留下光和他的弟弟妹妹留守东京、过着“平静的生活”的设想，不过是虚构而已[1]。

那么，我是否一个人多次出席过大使馆的宴会呢？实际上几乎没有过。可是，在这个问题上，恐怕我早已是声名狼藉了。其实，与外国人打交道，我更喜欢没有外交式微笑和寒暄的场所，例如会议或者研讨会之类。

在那次宴会上，我和他们商定在瑞典大使馆大厅里举办一次小型演讲。于是，我第一次向国内听众谈到了自己从小就喜欢阅读《尼尔斯骑鹅旅行记》的事情，没想到引起了包括外国听众在内的热烈反响。虽然我在斯德哥尔摩那次获奖演说，以及几年前在北欧的演讲中也都提及过，但此次还是把这个话题作为我的演说的开场白。

我在瑞典大使馆的演讲中再次谈及《源氏物

1 指大江健三郎的小说《平静的生活》的故事情节。

语》[1]，似乎让各位女作家以及女记者颇感意外。我经常在小说里引用自己正在阅读的书籍，比如但丁、布莱克、叶芝[2]的作品，这么做乃是因为我觉得在用日语写作的文章里引进罗马字拼写，会充分感受到文体多样化的有趣效果。

因此，尽管我并不想过多引用日本古典文学，但也并非与之无缘。当然，与美国研究日本古典文学的年轻学者以及法国同样年轻的翻译家交谈的时候，我经常为自己日本古典文学修养的浅薄而惭愧。虽然渡边一夫先生的随笔也只写他专门研究的法国文学，偶尔写写关于式亭三马[3]的随笔，然而从他翻译拉伯雷[4]《巨人传》所使用的文体和语汇可以清楚地看出，他是一位对日本各个时期的古典文学都有着广泛涉猎的读书家。

---

1 日本古典文学名著，作者紫式部为宫廷女官。

2 叶芝（1865—1939），爱尔兰诗人、戏剧家和散文家，1923年诺贝尔文学奖得主。

3 式亭三马（1776—1822），日本江户时期小说家。代表作有《浮世澡堂》《浮世理发馆》等。

4 拉伯雷（约1494—1553），法国文艺复兴时期的作家、人文主义者。代表作是长篇小说《巨人传》。

我阅读的日本古典文学作品有限，理解也很肤浅，但正如刚才所说，我的演讲还是引起了很大的反响。现将当天演讲内容的概要抄写如下。这还是因为过了一年以后，我从衣橱里拿出深蓝色的冬装时，才发现去年在忙得不可开交时，草草写下的演讲提纲还在口袋里。

2

首先我要感谢马古纳斯·巴列吉斯大使和瑞典文学协会给我提供了这次机会。

我从小就喜欢看《尼尔斯骑鹅旅行记》。两年前，我去斯堪的纳维亚半岛旅行时，在瑞典西部的港口城市约特波里谈到这件事，听众中的两个提问者互相争论了起来。这两个人都在大学工作。出生于瑞典北部的那位学者说他弄不明白，拉格洛芙的这部作品是瑞典独有的文学，怎么可能使东方岛国的一个小孩子如此狂热呢？他对此表示怀疑，问我："先生，您说这些，不是为了奉承我们吧？"

说起来，拉格洛芙的这部作品当初是因为有人约稿，作为小学生学习瑞典地理的补充教材而创作的，所以故事里出现了很多小地方的地名。我自然非常理解那位提问者把这部书看作是为瑞典读者创作的想法。

另一位出生南方的学者，性格比较开朗，他反驳北方学者的看法，认为该书的故事情节很有普遍性。他说：

“真不明白为什么竟有人想让瑞典读者独占这部作品呢。”

演讲结束后会餐时，大家喝着白葡萄酒，愉快地交谈。那两位性格观点都大相径庭的学者把我夹在中间，谈笑风生，兴致勃勃。我心想，说不定这两位学者是为了给讲演会制造热烈的气氛，表演了一场戏吧。

那么，在战争时期的日本，又是在四国森林中的山村，为什么我会喜欢上《尼尔斯骑鹅旅行记》这本书呢？母亲是用什么方式给我弄到了这本书的呢？她可能是拿一些大米到松山的书店偷偷交换的吧。当时要想给孩子弄到一本书就是这么难。我的母亲没有上过学，但她对书籍具有特殊的敏感。后来她还给我弄到了岩波书店出版的《哈克贝利·费恩历险记》。我从这两本书中获得的东西使我受益终身。

那是个无书可读的时代，所以我翻来覆去地看《尼尔斯骑鹅旅行记》，从头到尾都能背下来。这本书之所以让我这么爱不释手，也许是因为书中那个弱小的孩子与比自己有力气、能在天空飞翔的大雁朋友之间的带有些许性意识的深厚友情吸引了我。还记得我那时候为自己这么痴迷于这本书甚至有点心虚，可见当时的确有种朦胧的性意识。

战争结束后又过了几年，我进入松山市的高中，在那里的美国文化中心图书馆里发现了《尼尔斯骑鹅旅行记》的英译本。于是，我在自己那本珍贵的日译本的页面下垫上张纸，对照英译本，把日译本没有译出来的瑞典地理名称一一抄上去。这也形成了我独创的自学外语的方法。

去年去法国旅行时，我在奥塞美术馆的小卖店买了一本法译本的《尼尔斯骑鹅旅行记》，这是一本精致的全译本。我读完以后，有个新的发现，法国好像是在一九九〇年才出版的全译本，而我国在二十世纪八十年代就有了全译本，这应该说是日本人值得骄傲的地方吧。

这一两个星期，许多电视台都在播放与诺贝尔奖有关的节目，其中一个节目说，据说在颁奖仪式后的晚宴上有个惯例，就是获奖者都要“玩蛙跳游戏”。结果，只要遇见那些看过这个节目、身居要职却与文学无关的人物，大概因为没有别的共同话题吧，他们都要问我：“你也玩蛙跳了吗？”

每当这种时候，我就想起《尼尔斯骑鹅旅行记》中有青蛙一词出现的段落。我现在手边只有法译本，这一段在作品靠前的部分，大家还记得描写家鼠与沟鼠在格里米城的战斗那部分吧？我记得小时候学的课本上译的是白老鼠与黑老鼠的战斗，我还是想采用法译本的译法。

在这座城里筑巢的站在家鼠一边的鹳鸟埃尔曼尼克，飞来向和尼尔斯一起旅行的大雁求救，于是双方进行谈判，不知是一时的心血来潮，还是鹳鸟的天性，它突然把尼尔斯叼起来，抛向两米高的空中，而且连抛了七次。

大雁们见状都惊叫起来。从大雁自然发出的叫声里，可以知道它们已经把尼尔斯当作了自己的朋友。

“Que faite-vous Monsieur Ermenrich? Ce n'est pas une grenouille. C'est un homme, Monsieur Ermenrich !”

这意思是说：“你干什么呢？埃尔曼尼克。他不是青蛙，他是人。埃尔曼尼克！”如果斯德哥尔摩那些热情洋溢的学生要我玩“蛙跳”，我就打算引用这句话，以示拒绝。Je ne suis pas une grenouille（我不是青蛙）……

下面我想谈谈日本古典文学中的《源氏物语》。我不是作为一个研究者来谈论《源氏物语》的。与日本第一位获得诺贝尔文学奖的文学家川端康成先生相比，就更是如此了。但是，我也读过两遍《源氏物语》的原著[1]。读第一遍的时候，我还是学生，目的是为了向一位年轻的姑娘炫耀自己的古典文学修养。我们就是这样一起谈论《源氏物语》，加深了感情的。到如今我已经和这位姑娘共同生活了将近四十年，实在是幸运之至。

第二次通读《源氏物语》，正好是在七年前。我忽然朦胧地感觉到《尼尔斯骑鹅旅行记》与《源氏物语》之间似乎有着某些共同点，因此无论如何也想要把它搞清楚。由于自己的这个感觉太笼统，去请教专家，恐怕也解决不了问题，又不能靠《古语辞典》突击查找，于是我利用每天坐电车去游泳的时间，开始通读《源氏物语》。

我终于找到了我想找的地方，是在《幻》这一卷里。主人公源氏在这一卷中是五十二

1 即未译成现代日语的古文版。

岁，那一年我恰好也是这个年纪，我当时还觉得有点奇怪。该卷描写的是源氏在紫夫人去世后一年里的忧伤生活，他想在梦中与紫夫人相见，却未能如愿。源氏仰望天空缕缕浮云（差不多也是现在这个季节，昨天晚上的月亮不是也很美吗），吟咏诗歌倾诉心曲。

“仰望云居雁，展翅长空惹人羡。幻梦不见卿，愿尔为我寻香魂。”

与我国的近代文学不同，《源氏物语》的文学结构非常复杂，很多地方甚至能够运用现代西欧文学理论来进行分析。据专家说，这首和歌使用的典故是唐玄宗和杨贵妃的故事。如此说来，梦幻并非单纯的虚幻，而是具体指擅长仙术的人[1]。据说大雁也被视为通往阴间的使者。因此，源氏请求道：“骑着大雁从高天飞往阴间的梦幻道士啊，请为我打探连梦中都无法相逢的夫人的灵魂在何方吧。”小小的梦幻道士骑在大雁背上，飞走

1　此处应指白居易《长恨歌》中的“临邛道士”。

了。这不是和《尼尔斯骑鹅旅行记》的故事情节一模一样吗?

最后，我想谈一谈在斯德哥尔摩举行的颁奖仪式。文学奖获得者的演讲，今年定在十二月七日。按欧洲当地时间计算，这一天正是太平洋战争爆发之日，也就是日本海军不宣而战偷袭了珍珠港之日。

这个日子在我的回忆中，也与《尼尔斯骑鹅旅行记》有关，关于战争爆发当天我个人经历的回忆，我已写过文章，打算在斯德哥尔摩市内的小剧场举行的朗诵会上朗诵。我现在想说的是太平洋战争爆发几年以后的一些思考。那个时期我曾反复阅读《尼尔斯骑鹅旅行记》，还是刚才说到的格里米城战斗的那部分。对于沟鼠军趁很多家鼠都去参加舞会，城内防卫空虚之机，发动了闪电偷袭的做法，我虽然还是孩子，也觉得很不好。

于是，我鼓起勇气对劳累了一天后像往常一样独自喝闷酒的父亲提出了自己的疑问。我说:“趁着对方什么也不知道，攻击珍珠港，这不是和沟鼠军队一样，都是不对的吗？”

父亲盯着我，沉默了一会儿，然后回答道：“这世上发生的事情哪有什么正确不正确啊。”父亲的回答，在我这个小孩子听来就像谜一样。紧接着，父亲又嘱咐我说：“你刚才说的话，不要到外面去说。”此后不到一个月，父亲就突然去世了。父亲这句话我一直没有忘记。

亚洲各国不会忘记日本过去的所作所为，这一点，日本人也大抵知道，这是无法改变的现实。我们必须继续努力去补偿。同时我们也要记住，包括荷兰、英国等国家在内的战俘曾被关进我国的战俘集中营，整个欧洲也没有忘记我们过去的所作所为。我要把这些都牢牢记在心里，去斯德哥尔摩演讲。

你这么做，有什么用

1

这一年里，从有关写我的书中，我才真正体会到什么叫作“毁誉褒贬”，这样的书至少有两本。获奖以后，林家正藏[1]给我来了贺电，我在回信中引用了他父亲一句著名的俏皮话：“我得了这个诺贝尔奖，实在对不起。真是让人受不了啊！”不过，当时我还没有真正理解这个“受不了”的含义。

我看了那些不符合事实的臆测甚至是歪曲事实的文章，也会怒火中烧。但是，一想到要反驳，

1 林家正藏（1962— ），艺名"林家こぶ平"，日本落语家、电影演员。

耳边就会响起一个熟悉的声音：“你这么做，有什么用！”

我确实亲耳听到过渡边一夫先生讲过这件事，好像他的随笔里也谈到过此事。渡边先生有位高中时代的朋友，战前是左翼运动的勇猛斗士，战争时期，受到国家权力逼迫而转向[1]，后来靠翻译法国文学维持生活，渡边先生曾对这个朋友倾囊相助。这个人很有商业才华，战时靠着做军需物资买卖起家，战后越做越大，很快成为我国屈指可数的实业家。

战后，这位实业家以各种方式向渡边先生表达谢意，这当然算是美谈。一次，实业家在一家豪华的料亭[2]招待先生。那时候还没有空调，大概是因为正值盛夏，天气炎热，于是实业家把先生领到厢房的浴室去泡澡（我不清楚料亭里是否都带有浴池），泡进池里后，实业家忽然站了起来，炫耀般地将自己腹部下面那个东西对着先生的

1 日语特定词汇，特指左翼人士改变政治信仰，屈服于右翼势力。

2 日式高级餐馆。

脸，据说先生当时断然呵斥道："你这么做，有什么用！"

幸好我没有和这样的豪杰或者冒充豪杰的人物交过朋友，也没有机会和别人或者独自一人在料亭里泡过澡。试想一下，若是某个古怪的朋友这么做的话，一般人恐怕会扑哧笑出来，或者客气地说一声"抱歉"，赶紧把目光移开吧？碰上健壮的年轻人，或搞体育的人的话，说不定会不甘示弱，把自己的家伙也亮出来比试比试呢……

要是换成比先生脾气更暴躁的我，多半会舀上一小桶冷水，朝对方泼过去。然而，先生大声斥责他："你这么做，有什么用！"先生这种反应完全符合他的性格。既然原本就不会干什么的，想必对方已是满脸羞愧了吧。不过，他们洗完澡后的晚餐又是在什么样的气氛中进行的呢？

我也同样被先生用法语这样责备过。我曾经和现任冲绳县知事、业绩卓著的大田昌秀一起办过杂志《冲绳经验》。渡边先生每一期都为我们设计封面。有一期杂志上，我写了篇文章，文章中引用了一个冲绳人写的批判天皇制的内容。很快收到了先生用法语写给我的一封信，他激烈地批评我在政治问题上态度轻率，我很理解先生的良苦用心，尤其是其中一段话使我痛彻肺腑。“以文笔为职业者不应利用一般人写的投稿之类的文章。这样做的话，不用弄脏自己的手，却什么卑鄙的事都干得出来！”现在我从对我诽谤谩骂的书里找到了这样的实例，因而更加怀念先生说这句话时的声音和表情。

“你这么做，有什么用！”

2

尽管与“你这么做，有什么用”有着微妙的差异，我还是感受过这样的冷嘲热讽。例如有这么一件事，我把它写进了《平静的生活》里，只是场景略有改动。这部小说拍成电影以后，读者又增加了不少。对书中写的一些事情，一位医生朋友提出了与我理解的含义不同的解释，因此我想谈谈这个事情。

先介绍一下《平静的生活》中的一段内容。

前不久，一位医生请父亲和我吃饭。我们记错了约定的时间，迟到了一个小时，这的确是我们的过错。但是，请客方的一位实习医生模样的年轻人一张口就带有攻击性。他说："一到我们的病房，就看见那些婴儿躺在那里，他们来到世上本身就是悲惨的，却又不能杀死他们。"他的话显然是在影射父亲，因为父亲曾在文章中写过从哥哥的生存中发现了意义……我对不加辩驳的父亲感到气恼。

其实，在和日本康复医学的权威学者对谈的时候，我曾经谈到过这件事，那是我无法忘记的一次经历。因为那位年轻医生的意思再明白不过了："你养育着残疾的孩子，你这么做，有什么用！"他对那些身患重病的孩子也是尽心治疗的，想必是在劳累的工作之后，才发出那样的感慨的。尽管如此，那位年轻医生能够一辈子从事救治这些孩子的医疗工作吗……

我的医生朋友说："那个说了侮辱你和光的话

的年轻医生是为了积累工作经验，才暂时来东京大学附属医院的残疾儿童病房工作的，这样的人怎么可能一辈子从事这个工作呢？说不定他现在已经离开了来到这个世上本身就很悲惨、却又不能杀死的婴儿的病房，去某个大学的医学系当教授了吧？”

3

我从小就对大人的生活感到不可思议，其中有这么一件事，我在许多文章里都谈到过，我出生成长在森林覆盖的山村里，村子中央有一条通向大桥的路，路旁住着一户人家。这家主人常常租船把牛贩运到大阪去卖，这些牛又将被偷偷宰杀掉。当时战争刚刚结束，政府对粮食的控制非常严格，即使不算私自宰杀，也是违法的。

由于小船经常超载，一天深夜，风浪很大，小船一夜没有回来。那人年轻的妻子急得快要疯了，到处跟人借钱，打算天一亮就去寻找丈夫。为了帮助这位不幸的妻子，左邻右舍的女人聚到一起，尽自己所能地忙前忙后，我的母亲也是其中之一。

这个已经有些绝望、却又抱着一丝希望的女人搭上运木材的卡车走了以后，母亲回到家里，颓然坐下来，一动也不动。我便向母亲提出了心里的疑问。

不管我提什么问题，母亲从来没有马上回答过，但她绝不是不搭理我的问题，母亲只是默默地、有时目不转睛地盯着我，有时盯着自己正在干活的手指，听我把要问的问题说清楚。要是我说到半截不往下说的话，母亲会呵斥我："怎么问这么鸡毛蒜皮的问题？"或者："为什么不想好了再问？"

这次我也像以往那样，站在母亲身边说起自己哪儿弄不明白。昨天半夜森林刮起了大风，那人把几头惊恐的牛装上小船出海去，到现在没有回来，会不会是翻船了呢？不光是我，村里的人也都是这么猜的。既然这样，干吗大婶还要借钱租船，出海去寻找呢？找得着吗？那个大婶临走的时候说："就算只能找到他的尸体，我也要去。"可是，仅仅为找到尸体，有必要借那么多钱吗？

为了还债，她将来还要辛辛苦苦地干活。和孩子们一起待在家里，等警察来通知不是挺好吗？村子里那些办事周全、受人尊敬的人怎么不劝劝可怜的大婶呢？

虽然我当时还是小孩子，也很想对那位大婶说："你这么做，有什么用！"如果可以用现在我脑子里浮现出的这句话来表达的话。

母亲听我讲完后，回答了我："他干的那个活计是很愚蠢，可是，也许因为不干那活儿就活不下去呀。说不定他满以为还能干下去，现在和几头可怜的牛一起在大海里漂流呢，他的老婆不能不去寻找吧。借的这些债，以后和孩子们拼命干活慢慢去还好了，为什么你要这么责怪她呢？"

我不能理解母亲的回答，特别是她那申斥的口气，让我心里很委屈，我满脸通红地站在那里。母亲瞥了我一眼，不再理睬我，又陷入了自己的沉思。

仅仅根据自己的人生经验得来的智慧，我现在也能理解了，有些事情虽然知道这么做将是错误的，其实也只能那么选择。随着年龄的增长，我也遇到过好几次这样的事情，并且能够理解了……

4

总而言之，“你这么做，有什么用”这句话在我的心里具有双重含义。一种含义是：渡边先生所说的、公开表示自己明确决断的这句话，连同先生的声音一起具体地存在于我的心中。另一种含义是：通过与光的长期共同生活，我认识到理智的价值判断在生存的积累中未必占据中心位置。因此，我现在可以对“你要将残疾孩子作为家庭的核心吗？你这么做，有什么用！”这句话，采取明确的拒绝态度。

光通过创作音乐已经将超越家庭的情感传达给了社会以至世界，这当然是我们全家的幸福。但是我已多次表示过，我和家人都不是因为光能够创作音乐，才觉得与他的共同生活很美好的。

光的身体基本上还算健康，虽然常有轻度发病。对于我们家庭来说，每次光发病，都可以用“充满新鲜的紧张”来形容。光每星期去残疾人职业培训福利院工作五天，他很喜欢那里的环境。这样的日常生活给我们全家带来了充实感。令人庆幸的是光喜欢作曲，即使他不喜欢作曲（甚至有人怀疑，如果光不喜欢听音乐的话，他和我们一家人的生活基础就会崩溃），我们也能把光置于家庭的核心，一起充满活力地生活至今。实际上，在日常生活中，我们所有家庭成员很少把光当作因作曲而小有名气的人来看待。

我们意识到光是给家庭带来快乐活力的重要成员，并非因为他是个作曲者，而是从下面这样的小事中（就是昨天发生的）认识到他的存在。昨天吃过饭后，光的母亲和妹妹坐在桌旁聊起年轻女性该如何自立的问题。女儿说，独立生活就得有一间公寓，可是房子实在太贵了；自己以前在大学图书馆工作挣的工资大部分都存起来了，但是，即便是报纸广告上宣传的廉价公寓也根本买不起……

女儿诉说着心中的郁闷，这的确反映了社会的现实情况——按她的性格，真是破天荒了。妻子只是面带愁容地听着。不知何时，光走到挂在大门旁的纸箱前，纸箱里有一些硬币，是用于交付各种费用时的零钱，或者出门买东西找的硬币，为了减轻钱包的负担，顺手扔进纸箱里的。光把他认为有用的五十日元和一百日元的硬币全拿出来，放到妹妹面前的桌子上，恭恭敬敬地问道：

“这些够吗？”

我多次说过，我从小就喜欢想象。小时候我对那位往关西贩牛的失踪者的妻子的做法不理解，受到母亲责备的那天晚上，一直翻来覆去睡不着。我想象着，那个大婶把孩子扔在家里，带着从左邻右舍借来的钱（那时我的父亲已经去世，家里不宽裕，但母亲好像还是借给她钱了），租船出海去寻找丈夫。不久她终于找到了自己的丈夫、船长以及船上的牛，尽管他们都已精疲力竭，好在平安无事……

不过，那天受到母亲的教训后，我虽说还是个孩子，也为之感动，觉得即使人和牛都找不到，那位大婶的做法也是对的。

国际艾美奖[1]

1

十一月中旬，丸善书店[2]打算在其举办的《康复的家庭》原画展期间搞一场这本书的签售会，于是，我应邀携妻子和光一起去了趟京都。真是一次久违的家庭旅行。一大早，我们乘坐小田急线到达新宿的时候，光的病轻度发作了。这种时候，必须尽快带他去厕所才行。我让妻子看着行李，自己带着光去了厕所，可是等了半天都没等上，于是我们从换乘电车的检票口进去，找到了

1 国际艾美奖（EMMY AWARDS），美国电视艺术科学协会奖。

2 1869年建立于东京的一家老字号书店，以经营西洋书本为主。

JR线的大厕所。由于坐便已有人，实在等不及，只好让光上蹲坑，我搀扶着他解手……

就这样，我和光忙活了一通之后，终于从东京站坐上了“光”号（新干线）。巧的是，建筑师原广司先生也坐了这趟车。我家乡的中学盖新校舍时，我曾请这位多年的挚友帮助进行设计。每次回乡，我都看到漂亮的校舍在一天天建成，《燃烧的绿树》中有关教堂建筑的描写，包括引用的原先生的论文，就是以它为原型的。

我每次和原先生见面，他总是用轻松的语气，有些腼腆地谈论自己深思熟虑出来的独到见解，从年轻的时候起他就一直是这样。他非常喜欢数学，列出算式的时候，虽然只是简单的计算，却也写得像科幻作品插图那么美，而且据和他一起工作的性情沉稳的夫人说，每当他心情忧郁的时候，总是要新买一本数学书来看。我很想说这跟我看算术书很相似，当然我完全是班门弄斧了。他说他计算了现在世界人口与陆地面积的比例，按照他以前提出的“一个人的城市”的构想，把全部人口平均分布在整个世界的陆地上，日本平均每隔六十米就有一个人，和南美印第安人部落的比例差不多。

我听他讲话的时候，或黯然伤感，或开怀大笑，感觉很充实。他还带我参观了建设中的京都新车站工地。在这座古老的城市里建设这么现代的建筑物，往往会招致人们的非议，这位建筑师因而不得不经常忧郁地阅读数学书吧。就在一个月前，我还看过一位著名哲学家写的批评文章，尽管明显是谬论，却没有建筑界人士出来反驳。不过，这座车站竣工之后，将会成为京都为二十一世纪到来贡献的最优资产。

签名会开始后，光觉得有点不舒服，一个人休息了一会儿后，参加了后半场，他还在我身边回答了来宾提出的问题。听过光的CD的人都给他以热情的鼓励，我们一家十分高兴。曾经邀请我们去萨尔茨堡旅行的K夫妇请我们品尝京都菜。我对美食一无所知，只记得在谷崎润一郎等文豪的文章里，对京都菜的用料、烹调法等有一些描述。京都菜当然是很美味的，遗憾的是像以往那样，我只要谈兴一起，根本记不得究竟吃了些什么。

今年的诺贝尔文学奖得主是前年和我一起在意大利获奖的老朋友谢默斯·希尼[1]，我感到很高兴。去年，我获奖后，大阪的R饭店曾提供过住宿招待券以表祝贺，因为已过了很长时间，妻子打电话给饭店，询问招待券是否还有效，得到了欢迎的答复。饭店提供了一个套间，光可以和我一屋，也可以让光和妻子睡另外一屋，我选择了后者，独自看书到天亮……

这天晚上，每到新闻节目时间，我就用遥控器寻找有关评选优秀电视作品的国际艾美奖的报道，因为我们听说，这一天艾美奖将在纽约颁布。我多年的老朋友，《父子共生——大江健三郎与光的三十年》的制片主任，NHK的山登义明正在纽约参加颁奖会。结果我因此一直没睡成，看了一晚上希尼的诗集。

但是，一直等到卫星电视的最后一个新闻节

1 谢默斯·希尼（1939—2013），爱尔兰诗人。主要作品有诗集《一位自然主义者之死》《通向黑暗之门》《野外作业》《幻觉》等。1995年获诺贝尔文学奖。

目，还是没有艾美奖的报道，其实，已经在七点的新闻中播过了，但那时候我们在吃京都菜。我只好睡下，脑子里却浮现出因劳累病倒后刚刚恢复健康的山登那略带腼腆的清瘦面庞，当时他身着一件上NHK节目穿的晚礼服！第二天一大早，我拿起从套间走廊的大门下塞进来的报纸，发现报上刊登了光的一封信。

> 在纽约得了艾美奖，非常高兴。我的信登在什么报纸上，都一样。我的作品，到今年就结束了，但是不论哪里的大厅、舞台都上台去。当然，无论哪位的现代音乐，都很好听。我打算从明年起，不举办演奏会，除了自己家以外。除演奏会外，我还想开忘年会。都在晚上举行。也请您光临演奏。

这是光发给长笛演奏家小泉浩先生的传真。传真发出去以后，我才看到原稿，从中发现了光心理上的新变化，想在这里补充说明一下。今年举办了多次光的作品演奏会，每次家里人都要陪着他，而且当观众要求返场时，光都要上台致谢。这就是那句“不论哪里的大厅、舞台都上台去”所说的。但随着这样的情况增多，我们感觉到他身心的疲惫。经过再三考虑，我们决定让光的作品演奏会在今年底告一段落，明年开始，让光集中精力，在职业培训福利院边工作边作曲。

光虽然同意了，但多少有些失落。妹妹见哥哥情绪低沉，便对他说：“就像去年的忘年会那样再办一次吧！”以前，她请朋友来家里演奏过。此外，小泉先生从去年开始连续演奏我国现代作曲家创作的被世人埋没的长笛曲子。光怀着对这位他最尊敬的演奏家的钦佩之情，给先生写了这封信。

2

下面，我想引用山登先生在颁奖仪式上的发言。这是引自他发言时译成英语的日文原稿复印件。听说他事先请纽约的一位歌剧演员纠正过英语发音和语调，他发言时台下响起了一片笑声和热烈的掌声。

在我这个节目里，有一个镜头是大江健三郎先生写完了一部长篇小说后——他获得诺贝尔文学奖以后，说自己已经写完了最后一部小说，说的就是这部小说——在原稿的结尾写下“Rejoice”，然后放下了笔。当时他把这个词错写成了“Rejoyce”，非常兴奋的大江先生，似乎是将获奖的喜悦与大作家[1]的名气在脑子里紧紧连接在一起了吧。

听说我要到这里来，他对我说：“请你告诉美国的知识界，我也知道Rejoice的正确拼写。”

等仪式结束以后，我打算给在日本的大江先生和他的儿子光打电话，我想对他们说：“Rejoice，my friends！（非常高兴，朋友们！）”

《父子共生》是怎么拍摄出来的，以及产生

1 指爱尔兰小说家詹姆斯·乔伊斯（James Joyce）。作者将Rejoice（深感欣喜）错写成了Rejoyce（乔伊斯再世）。

了什么样的反响，在国内还没有看到相关的评论，但在中国的电视节上获得了金熊猫奖——我在其他文章中已谈到这一点。另外，承担摄像工作的是个年轻的摄制组，H摄像师和M制片人一起辛勤地工作。我在祝贺H结婚的信函中也表示过感谢。

我与山登先生是患难与共的朋友。在拍摄《世界还记得广岛吗？》的时候，我们在美国得克萨斯州销毁核武器的工厂一起被警卫扣留，在首尔机场差一点被遣送回国。今年夏天，他终因劳累过度病倒住了院。我赶到湘南医院去探望他，见他躺在病床上，受到母亲无微不至的精心照料。可他就像个好动的孩子，一脸不高兴地冲着墙躺着，连话也不想多说。也许他这人天生就是受累的命吧。在回来的电车里，我拿出斯宾诺莎的书来读，一边用红笔在书上画着重点。对面坐着一位母亲和她漂亮的女儿，女儿一直在诉说着什么烦心事，她的脸颊上有一块碰伤。母亲一边听着女儿诉说，一边看着像是从图书馆借来的《平静的生活》。在她们下车的时候，我告诉她自己是该书的作者，并表示了感谢，因为这本书的读者并不多。母亲对我说："我这个孩子也有残疾，每天都要接送。"不久，报纸登出了这位母亲写的一封读者来信，其中提到了和我邂逅的事。去探望远远超出电视制片人的身份，像亲人般关注着光成长的山登先生那天遇到的这件小事，成为我美好的记忆。那个美丽少女脸上的伤口已经愈合了吧……

3

且不谈国内评论界如何评价，电视片《父子共生》以其出人意料的高质量获得了众多的观众。曾在岩波书店一起编辑《渡边一夫随笔集》的、我最尊敬的前辈清水彻先生（在从王子经由东京大学开往丸善的电车里，我曾向这位时任研究室助理的清水彻先生请教过名列书籍排行榜的一本书的原文，当时的情景至今仍历历在目）看到其中一个我的镜头时，对也认识渡边一夫先生的他的夫人说道："真有先生之风啊。"能有人这样看，我很高兴。

当然，在外表上，我根本不可能和晚年依然风度翩翩的渡边一夫先生一模一样。清水彻先生所看到的那个镜头，就是前面提到的山登先生在获奖致辞中说的，在完成《燃烧的绿树》初稿那天的事。当时我没有刮胡子，想着“这么上镜头哪行啊？”，正犹豫不决的时候，妻子劝我说：“拍完这个镜头后再刮的话，前后一对比不就显得更精神了？”我不以为然地说：“对我这么抱有幻想的，也只有你啊。”

为纪念获得艾美奖，电视台重播了这部片子。我在观看的时候想起一件事。我上中学的时候，理想是当个物理学家，并为自己设计了一个理想的外表。我之所以想搞物理学（后来，我在东京大学的考场，面对物理考题时，才完全明白自己根本就没有这方面的天分），是因为受到过两个影响：一是学校老师整天给我们灌输“日本人战败是由于科学落后”的观点；另一个是汤川秀树博士获得诺贝尔物理学奖。但是，我不想按照汤川博士那样的白面书生型描绘未来的自己，于是就把自己归入漫画里邋里邋遢、半疯半癫的坚强的老科学家那类了。

由于获得了艾美奖，今年以来，英文版《父子共生》的录像一直在纽约市电视与广播博物馆内公开放映。这是可喜的事，因为这部片子不仅讲述了光和我们共同生活的家庭故事，同时也讲述了日本人的广岛体验。今年是日本遭受原子弹轰炸五十周年，原定于纽约史密索尼安博物馆举办的原子弹轰炸展览被取消了，但经过市民和学生的努力，还是在美国举办了几场小规模的广岛·长崎展。我们的电视片能成为其展示环节之一，我作为电视片参演者感到十分高兴。

这部电视片也和山登先生拍摄的《世界还记得广岛吗？》一样，在拍摄广岛外景上花费的时间最多。原本整部片子拍摄的时间就很长，用了大量的录像带……

有一个场面虽然没能用上，但我的印象很深——尽管年老以后，对于遥远往昔的记忆要比近期的更加鲜明，那就是去重藤文夫博士出生的住宅拜访他夫人的情景，其住宅坐落在远离广岛市中心的美丽田园风景之中。

我们坐在土门拳拍摄的重藤文夫先生的遗像下面，光表现得格外老实。夫人生动地讲述了先生的往事。我从中充分感受到，正是在乡村生活中居于主导地位的名门望族，以及周边风土习俗世世代代培育人才的环境，才造就了这位杰出的医学家，我为先生感到骄傲。重藤夫人在回忆先生时，表情非常丰富，语言生动幽默，我和妻子、光都受到了极大的教育，光更是听得非常专注。我们所受到的教育就是，当家长已不在人世间之后，其家族传统依然通过一条宽松的纽带被继承了下来。这条纽带十分宽松，毫不束缚人，纽带两头的人互相抱有敬重关爱之心，怀着无须言语的默契，任时光静静流逝……我们受到的就是这种真正的家庭情感教育。

黄昏的读书（一）

1

我有时想要给已读完硕士课程、准备去企业研究所工作的你（指次子）写信，还想给因健康关系打算辞去大学图书馆工作的你（指女儿）写封信。我年轻的时候，会立即提笔胡乱写上一通；或是等到一有机会见到对方，就滔滔不绝地跟他说，自己希望他怎么怎么样，至于这么做对方会怎么想，根本不去多加思考。现在回想起来，当时我以为作为同时代的人，对方和自己肯定是抱有同样的生活态度的，所以天真地以为只要自己说出发自肺腑的话来，就能够代表别人的心声了。

不过，现在我还不至于自虐到像老年人那

样车轱辘话来回说的地步（当然我想你们也不会说：“这正是你的症结所在。”），每当我要对年轻的朋友说点什么的时候，总要先默默地沉思一番，时间长得几乎快赶上冥想了。因为我需要把要说的话先在心里过一遍，具体想象一下对方会有什么反应。尽管我可以借这个工夫审视一下已初露端倪的不可一笑了之的问题，可往往最终也没能把已经想好的话说出口。

我充满怀念地、同时又夹杂着轻微恐惧和悲伤地想起我终身的老师也曾经遇到过这种情况，而他当时面对的年轻人不是别人，正是我。然而，那个时候，我至少还可以读到老师写的东西。因此，我现在虽然不准备直接跟你们谈话或给你们写信，但是想以客观的方式写一些备忘录式的文章。

我想要从最近正在看的书得来的几点感想谈起。我主要读的是斯宾诺莎的著作以及有关研究这位十七世纪哲学家的一些入门书和专业书籍，但这里要说的是其他的书。我把自己所写的有关这本书的备忘录称为“黄昏的读书”，也就是在人生的黄昏时读书的感想。因为这也使我想起喜欢使用这种词语的我终身的老师……

2

首先我要谈谈R. S. 托马斯的诗。我在威尔士读到这位老诗人的诗集纯属偶然，后来仔细回想起来，觉得这似乎也是必然的结果。只要认为某本书、某个作者对自己非常重要，往往会偶然地也是必然地与其邂逅，就像是命运安排的一样，这难道不是常有的事吗？

今年四月，我去了美国佐治亚州的亚特兰大。我上高中的时候，由于亚特兰大与加拿大的多伦多的发音容易混淆，英语老师曾叮嘱我们，说亚特兰大佐治亚，就不会出错了。今天我飞往亚特兰大，而我的英语发音和四十多年前相比几乎没有多少长进。

位于美国南方广袤平原上的亚特兰大是一座历史悠久的城市，也是一座新兴的工业城市。从高层饭店的窗户向外俯瞰，整个街景犹如覆盖着繁茂树木的森林。为迎接明年在该市举行的奥林匹克运动会，今年在那里举办了“文化奥林匹克运动”，请来前总统卡特主持典礼，还特别邀请了许多健在的诺贝尔文学奖获得者。主持学术研讨会的是ABC的节目主持人迪特·克蓬。

活动结束以后，我去了趟纽约，看望我的一位老朋友，这位朋友名叫简·斯坦因，年轻时与福克纳亲密交往，并首次选编出版了其早期的采访记录。她的丈夫是一九八一年诺贝尔生理学或医学奖的获得者特鲁斯特恩·威塞尔。光灌制他的第一张CD那天，特鲁斯特恩恰好在东京，还特地去观看了录音。在她为我举行的晚宴上，称得上是当今美国文坛最有智慧的女作家苏珊·桑塔格[1]问我：“你为什么要去参加那种‘抛头露面’的活动？”

我回答说，我确实觉得亚特兰大那场学术研讨会开得不错。因为每一位来参加会议的作家、诗人，都是以各自的方式承受了二十世纪地球人的痛苦体验和精神创伤的人，他们使我真切感

1 苏珊·桑塔格（1933—2004），美国著名女作家、评论家。

受到，原来我们是如此生活过来的。法国的克洛德·西蒙[1]和墨西哥的奥克塔维奥·帕斯[2]都是经历过西班牙内战考验的知识分子。帕斯后来成为墨西哥的外交官。在他担任驻印度大使期间，墨西哥城举办奥林匹克运动会时，在特罗卡迪尔洛广场游行的学生与警察发生冲突，导致一些学生死亡，帕斯辞职以表抗议。我与他之间多年的友谊令我难忘。那还是二十年前，我一个人住在墨西哥城的时候，他请我到他的住所做客，热情地鼓励我。我对于墨西哥的了解也起始于那时阅读的帕斯的《孤独的迷宫》。

在我也曾工作过的加利福尼亚大学伯克利分校任教的波兰流亡诗人切斯拉夫·米沃什[3]，饱经了东欧冷战时期的风霜。经受了同样苦难的，还

---

1 克洛德·西蒙（1913—2005），法国作家，代表作有小说《弗兰德公路》等，1985年获诺贝尔文学奖。

2 奥克塔维奥·帕斯（1914—1998），墨西哥诗人，1990年诺贝尔文学奖得主，代表作为长诗《太阳石》。

3 切斯拉夫·米沃什（1911—2004），波兰诗人，1980年的作品《拆散的笔记簿》获诺贝尔文学奖。

有苏联流亡美国的约瑟夫·布罗茨基[1]。西方国家最早高度评价他的诗歌，并以美丽的诗句赞颂这位世界语言公民的是德里克·沃尔科特[2]，这位诗人是经受着美国资本主义惊涛骇浪袭击的加勒比海地区民众的代言人。另外，托尼·莫里森[3]是描写美国南方黑人生活和情感的作家。

沃莱·索因卡[4]的诗歌和戏剧深刻而敏锐地表现了尼日利亚人民的神话传统、殖民地时代以及独立后国家的困难局面，现在他仍过着流亡生活，却顽强不屈地坚持自己的信念。

只要了解一下参加亚特兰大学术研讨会的这些人物的经历，就能知道他们都是以各自的方式承受着二十世纪人类的创伤，并将其表现出来的具有代表性的文学家。我的这种想法会得到这位

---

1 约瑟夫·布罗茨基（1940—1996），苏裔美籍诗人。1987年获诺贝尔文学奖，代表作有《从彼得堡到斯德哥尔摩》等。

2 德里克·沃尔科特（1930—2017），圣卢西亚诗人。1992年以作品《西印度群岛》获诺贝尔文学奖。

3 托尼·莫里森（1931—2019），美国黑人女作家，1993年获诺贝尔文学奖。

4 沃莱·索因卡（1934— ），尼日利亚作家，1986年诺贝尔文学奖得主。

女作家的理解吗?

毫无疑问，在他们这些外国同行眼里，我也同样承受着自己的心灵创伤。我在一个与欧美交战时期的亚洲国家度过了自己的少年时代，战败后，在外国占领时代，萌发了学习外国文学的念头。而且，这些优秀的作家、诗人同行都知道，我的三分之二以上的文学作品都是与残疾孩子的共同生活分不开的。而从这个核武器时代的广岛不断发出的光亮中，我们的生活绝对无法获得自由，但我们的这些声音也并不是完全无法传递给读者的。

3

在亚特兰大的活动结束之后，因《掐去病芽，勒死坏种》（我获得芥川奖[1]前的初期作品）英译本出版的关系，我又到纽约、华盛顿、哈佛大学所在地剑桥市等进行讲演和公开对谈，并接受了

1　日本最具权威性的纯文学小说奖项，1935年为纪念已故作家芥川龙之介而设，目的在于奖掖文坛新人。

许多媒体的采访。每次采访时总要被问到刚刚在美国发行的光的CD的事情。对于有关儿子的音乐创作方面的问题，我总是特别热情地回答。后来收到记者们寄来的报道文章，也都强调了这一点。

同样也是为了出版宣传，我直接飞去了英国。在美国做的宣传，又在伦敦的大学和书店里同样做了一遍。其实，这次出版的《掐去病芽，勒死坏种》以及即将出版的《广岛札记》，都是一位名叫玛丽恩·博雅芝的女士经营的小书店率先在英国出版的。从我的小说英译本在英国几乎无人问津的时候起，这位玛丽恩女士就一直坚持出版。她生于美国，横渡大西洋来到英国，生活了很多年，如今已上了年纪，她的英语说得比英国人还地道。她的丈夫是出生于剑桥市的诗人，当过编辑，知识广博，柔中有刚。这老两口虽然总是吵个没完，但玛丽恩评价她的老伴说，阿萨年轻的时候不论在哪一家出版社工作，都比上司的知识渊博，结果没能得到提拔，所以不算是成功的编辑。这位阿萨精通正统派爵士乐，和他一聊起来，我又找回了年轻时候对爱德华·艾灵顿的热情，我还发现他把许多三十年代的唱片都刻成了CD。其结果，我回国后重新成了“发烧友”……

我们三个人坐火车去西南部的威尔士参加文学节，沿途欣赏了恬静的暮春景色。火车经过听说是该地区产业中心的加的夫后，抵达斯旺西。威尔士的诗人，我只知道狄兰·托马斯[1]的名字。我到这位诗人的出生地来，是为了寻找关于研究他的书籍。说实在的，这么说不过是激励自己完成最后日程的借口而已，此番长途旅行，已使我感觉相当疲惫了。

我们在斯旺西站下了车，车站的地名使用英语和威尔士语两种语言标记。然后我们到达了位于半岛颈部以北的休养胜地的饭店，青灰色的大海对面就是我喜爱的诗人叶芝的故乡爱尔兰，我一直非常向往却至今没有去过。我们去了在斯旺西市举办的文学节会场，比我想象的要大得多，

1 狄兰·托马斯（1914—1953），英国作家、诗人。出版诗集有《诗十八首》《诗二十五首》《爱情的地图》《死亡与出路》《诗集》等。

还听说当地的文学家先要为他们尊敬的老诗人举行小范围纪念会。

当地的文学家进行的演讲，是为了纪念一位名叫R. S. 托马斯的诗人。这种略带扭曲的自信和家乡情结的演讲，在这种靠近边境又具有独特文化的地方很常见。这位R. S. 托马斯比斯旺西出生的狄兰·托马斯大一岁，生于一九一三年，据说依然健在，住在威尔士。

我心里惦记着这个纪念会结束后，自己有个讲演——会场转移到大礼堂，我和玛丽恩将在那里进行对话形式的讲演。她没有抽时间和我仔细商量这种讲演的细节，所以当时只记住了R. S. 托马斯这个名字。不过，主办方给我们安排的年轻司机非常崇拜R. S. 托马斯，他准备了两本托马斯诗集平装本送给我。

饭店建在巍峨耸立的岩石上，房间窗户朝向大海。晚上，我躺在简易床上，难以成眠，便翻开这位诗人的诗集看起来，其实他还健在，诗集收录了他的后期诗作。我忽然发现这才是自己一直在寻找的诗人，我已经很久没有过这样的心灵震撼了。而且我知道，这一偶然性会成为改变自己人生的契机，对自己而言至关重要的接触已经开始。于是，我不禁坐了起来，一直读到拂晓，荒凉的草原和黑色岩石耸立的海角呈现于视野。这本诗集将我这几天来自嘲般的郁闷心情（我的小说在国外翻译出版，销售效果不会很好；事实上，在伦敦、斯旺西举行的签名售书都没有什么顾客，现在又到威尔士来推销）一扫而光，简直太实用了！

托马斯的诗歌语言平易、结构朴实，但换行、标点等独具特色，并不像看上去那么简单。因此，我虽然第一次读他的诗就读得入迷，但很快我就知道了，他的诗具有本质上很难读懂的特性。

正因为难懂，而我又坚信只要努力克服困难，就可以理解它的深度，所以我越读越入迷，干脆下了床，在窗户和没用的电视机之间狭窄的空间走来走去，感觉自己的脸颊发热，这部诗集使我感觉到了坐立不安的亢奋。

“也许已经来不及了！”我仿佛听到有人粗声粗气地叹息道。

黄昏的读书（二）

1

这句话是这么回事。我下决心要阅读托马斯的全部诗作，搜集所有能找到的研究他的书籍。但是，我最近刚开始阅读在纽约、伦敦搜寻到的斯宾诺莎入门书和专门研究书籍，现在又要加上托马斯，不知我此生是否还有足够的时间通读这位新结识的诗人的全部作品呢？这个念头让我感到了时间的紧迫。

这个念头直接来自对六十岁这个年龄的自我意识。最直接的标志就是，我从托马斯的诗集中读到他在这个年龄时创作的作品，感觉非常有兴趣。我从这首诗里发现了“活下去”这个词语，一下子引发了我的兴致。因为我年轻时曾在

W. H. 奥登[1]的诗歌里读到过这个词语，十分喜欢，还以《告诉我们如何走出疯狂，活下去？》作为自己作品的题目[2]。

在我谈R. S. 托马斯之前，先翻译一首他的诗作，以便读者初步感受一下他的诗歌。这首诗题为《长者》。

这是个六十岁了还活着
拥有语言的寓言。
并没有为抹去人名准备好了笔的
生命之书。未来并不关心
审判之日
我们在这里接受的那个
陪审的判决。
真的会有
没有语言的判决？

1 W. H. 奥登（1907—1973），美国诗人，是继T. S. 艾略特之后最重要的英语诗人，晚年将所有诗篇结为两集：《短诗结集》（1967年）和《长诗结集》（1969年）。

2 《告诉我们如何走出疯狂，活下去？》发表于1969年。

主
是祈祷的方式。停止
说话吧，那么只会剩下沉默。
他拥有传达自己声音的
媒体吗？

银河的意义何在？
犹如星星上发来的
向着地球的荒凉地带，
向着城镇的转播，
却是冰冷的信息。其中心是
互碰乱撞的没有终点的和平，
以及存在于理应成为
真正的核心里的动摇。

一个男人的身影
映在历经数百万年的岩石上，
虽然也渴望从黑暗的游泳池里
喝到水，却已不觉得口渴。

还有一首诗《不存在》。

就是这巨大的不存在
如同存在，并不
期待回答，而向我发问的
是我进入的房间。

有人刚从这里出去的
迎接还未到来的人的
入口。我将自己不合时宜的语言现代化。

然而他已经不在这里，
一切又还了原。遗传基因和微分
没有呼唤他出来的力量，
如同希伯来人祭坛上的焚香。

我的方程式毫无作用，如同
我的话。我有什么请求手段呢？
没有他
我的全部存在便成空虚，
除了他并不厌恶的真空。

2

我读了学者维利阿姆 · V. 迪威斯编辑的《令人惊奇的单纯》后，发现在多篇有关R. S. 托马斯的随笔中，有一篇诗人本人写的自传，其中有这样一段：

> 我认为神秘主义者想要直接认识上帝的要求是有根据的。但是，上帝自身让我感觉到，他选择了通过自然界或者宇宙作为媒介来显现自己。因此，我承认以下的观点。由于我选择了对被创造物的爱，所以即使自己在这世上，没有到达人可能到达的最高状态，我也必须满足于“我就是这样的诗人”这一事实。
>
> 虽然我居住在威尔士的世外桃源般的美丽地方，但几乎每一天，和平都会受到头顶上训练的喷气机的破坏。
>
> 这些使我想起存在于东西方之间的令人忧虑的和平。一旦爆发战争，不可避免地会

导致恐怖的核灾难。这是无法坐视不管的事。这不仅仅是为我自己的生命而恐惧，我和所有人一样，也有子孙后代。如果发生了最可怕的事情，生命中一切最纯洁美好的东西都将化为灰烬。

我退出诗坛后不久，整个半岛及更大范围的地区出现了推进核裁军运动的组织。我参加了这个运动，并成为委员会的一员和郡的代表。

R. S. 托马斯这位隐居的老者认为只有这样才最能体现诗的精神，因而参加这样的活动。我对托马斯以及他的诗都怀有崇高的敬意。

这本诗集是标志托马斯进入晚年的转折点。第一首诗是《那个时候》。研究者托尼·布朗写的有关这首诗的论文也收入了《令人惊奇的单纯》中。其中有这样的论述：

核战争的威胁，尤其是一些政治领导人相信能在核战争中取胜的愚蠢主张，使托马斯这位在四十年代就已经大声疾呼过的和平主义者，又投身于声援反对核武器的运动。他不仅通过自己的诗歌，还登上讲坛向广大民众发出号召。面对在机器文明时代的终极威胁以及阿巴夸格理想的彻底破灭，他发出了“大地在冒烟，鸟儿不再歌唱”的悲叹。

“阿巴夸格”（Abercuawg）是托马斯描绘的一个虚构的村庄名字，体现了昔日美丽的威尔士最典型的环境。他说过去曾经有过那个时候，将来或许还会再出现一次，《那个时候》所表现的就是这样的内蕴吧。在翻译这首诗之前，我先把布朗在论文中提到的托马斯喜欢引用的品达罗斯[1]的两句诗译出来。这两句诗描绘了与核战争造成的“大地在冒烟，鸟儿不再歌唱”截然不同的美丽世界。

人是影子的梦。然而，当主赐给我们睿智时，

1 品达罗斯：生活于公元前5世纪左右，是古希腊重要的抒情诗人之一。

灿烂的光芒充满人们的心灵，美好的时代将要诞生。

以下是《那个时候》这首诗。

主凝视着空间，我出现了，
揉着眼睛想看清眼前的一切。
大地在冒烟，鸟儿不再歌唱。
海边的沙滩上没有足迹，
灼热的大海中没有生物。
主说话了。我藏在岩石背后。
仿佛重生于世，
我走进冰凉的露水里，
努力回忆那火一般的说教，
花草缠绕的合唱令我吃惊，
我看见在褐色的树皮上，
渴望诞生的众生饥饿的脸，
它们张合着嘴，无声地对我诉说。我继续往前走，
向着光明，看清自己的影子。

天大亮时，
你从我体内站了起来。我牵着你的手，
一边辨认着你，并和你一起，
作为那白昼与黑夜的同盟者，
向前挺进，为了去对抗那“机器”。

3

我还想翻译他的另一首诗，就是在有关R. S.托马斯的论文中时常被提到的《以否定的方式》。我还读过一篇论文，论述该诗第一行使用对话形式表现作者的诗歌构思，乃是他固有的重要形式。这种以否定之路（via negativa）确认主的手法成为托马斯后半期诗歌的基调。此外，诗中的“寻求主的侧腹的温暖”的部分可以与《约翰福音》中以下部分相对应。

耶稣来的时候，十二门徒之一的绰号为“孪生子”的多马没有和他们在一起。别的门徒就对他说：“我们看见主了。”

多马说：“我不亲眼看到他手上的钉痕，

用我的手指摸那钉痕，用我的手摸他的侧腹，绝不相信。”

……耶稣对多马说：“伸出你的手来，摸一摸看一看我的手吧。伸出你的手来，摸一摸我的侧腹吧。不要不相信，要相信。”

多马回答说：“我的主，我的神！”

耶稣说：“你因看见了我才信的吗？那没看见就信的人有福了。”

和这个耶稣弟子名字相近的R. S. 托马斯，经常把自己与《约翰福音》中的多马重合起来进行思考。另外，因发现纳格·哈马迪的资料而在全世界引起反响的《多马福音》，是一部很有意思的诺斯替教派[1]的资料，我国学者荒井献对此书很有研究。这个被称为“孪生子犹大”的多马就是这部福音书的作者多马。

1 诺斯替教派产生于公元一至二世纪，是一种宗教哲学学说，基础是关于“诺斯”（古希腊语，意为“真知”）的神秘学说。它不承认耶稣基督的“神人”双重性，被正统的基督教界斥为异端。

为什么这样不行！
这是我的唯一所想。
主是伟大的不存在，
我们生命里的和我们内心空虚的沉默，
以及我们所寻觅的场所，
这一切我都不期望去寻觅或发现。
他拥有我们知识中的空隙，
以及星辰间的黑暗。
他是我们追赶的回声，
还有他刚刚留下的足迹。
我们把手伸进他的侧腹，
希望能得到温暖。我们凝视的
人们和场所，如同他曾经凝视的那样，
却没有触到他的光照。

4

对这首诗的注解之一是，尽管托马斯试图使用否定的方式来确认主，但他并非主张主不存在，相反，说明他确信主的存在。为什么呢？因为主的回声和足迹正是主刚刚垂训过，刚刚降临过的标志。

R. S. 托马斯在接受深入研究他的学者涅特·托马斯和约翰·巴尼的采访时，直截了当地谈及了核战争危机的问题。

> ……我们必须始终不渝地阐述思想。我认为，这句话足以涵盖从索福克勒斯[1]的悲剧到贝克特[2]的所有最强音。因为我们在人类历史上第一次深入思考关于毁灭的问题，无论是对狂妄自大的人类的惩罚，抑或是人类自身欲望和强求造成的恶果。然而，即使在最后时刻，也让我们重温塞南古[3]的那句名言："人类或许注定要灭亡，剩下的只有虚无。然

---

1 索福克勒斯（约公元前496—前406），古希腊剧作家，擅写悲剧，相传一共写过120多部剧本，现存《安提戈涅》《俄狄浦斯王》《厄勒克特拉》等七部完整的悲剧。

2 萨缪尔·巴克利·贝克特（1906—1989），爱尔兰著名作家、评论家和剧作家，1969年获得诺贝尔文学奖。他兼用法语和英语写作，代表作有《等待戈多》。

3 塞南古（1770—1846），法国诗人。早年受卢梭和百科全书派的影响，信仰唯物主义。作品有《奥培曼》。

而，我们难道不应该在抵抗中灭亡吗？那么，姑且不要将这种命运视为公正吧。”即使是在地球这颗行星的末日，我依然喜欢一边眺望这浩瀚的宇宙，一边思考这些用母语谈论爱与美的人。

上面引用塞南古的这段话是渡边一夫翻译的。托马斯在接受采访时引用了这段话的法语译文，但他凭的是记忆，而不是原文（似乎不少欧美作家、诗人在引用时，不严格依据出典），所以有些遗漏，因此，我在这里引用了渡边一夫的译文，作为补充。

我十几岁时读过的一篇渡边一夫的随笔中引用了这段文字，在我这个少年心里留下了深刻的印象。从那以后，塞南古的这句名言一直铭记在我的心里，和渡边一夫翻译或引用的其他许多思想家、诗人、作家的名言一样，成为我最宝贵的语言收藏。

现在，在我人生的黄昏之时，读着在遥远的威尔士旅行时得到的诗集，塞南古的这句名言依然强烈地震撼着我这个刚刚步入老年的人。当我重读这句名言时，发现自己与四十多年前开始阅读渡边一夫文章时相比，一点都没有变……

从前，我是通过诗集认识了渡边一夫，如今，我是通过诗集认识了R. S. 托马斯，了解了渡边一夫和威尔士的诗人通过塞南古而紧密相连。我打算像年轻时阅读渡边一夫的文章那样，全力阅读R. S. 托马斯，并且为此做好了一切准备。我想对年轻朋友们说的是："现在我切实感受到了读书连贯性的不可思议，以及人生的不可思议，这不也是某种连贯性吗？"

黄昏的读书（三）

1

我在前面的《黄昏的读书（一）》里提到了尼日利亚诗人、剧作家沃莱·索因卡。二十年前，我在夏威夷的东西方中心第一次见到他，当时他给我留下了非常深刻的印象，至今那见面的情形还清晰得如在眼前。那次学术研讨会的主题是《东西方文化在文学里的遭遇》。艾伦·金斯堡也参加了。还有萨摩亚作家阿尔伯特·温特[1]。因此，莫如说此次研讨会是以南北方作家为轴心的。那

---

1 阿尔伯特·温特（1939—　），萨摩亚当代最杰出的诗人，在南太平洋文学史上占有非常重要的地位。代表作《我们心中的死者》是该民族的史诗。他的诗歌以外来文化与传统文化的相遇和冲突为重要主题，表达了诗人对历史的追述和个人的感受。

时我正在构思《同时代的游戏》，温特以我讲的四国森林覆盖的峡谷村庄的传说为题材写了几首诗。我也凭借这次在夏威夷的体验，以温特为模特，写作了《倾听“雨树”的女人们》（短篇小说集）。我初期的作品主要是短篇，后来一直写长篇，这回又重新写起了短篇，所以给我的印象也就格外深刻。

索因卡以其清晰响亮的英语和极富魅力的穿着——他身穿祖国的民族服装，在学术研讨会上独领风骚。从报到那一刻开始，他的言行举止就显得与众不同，受到与会者的瞩目。我们都住在夏威夷大学里，住房四周环绕着印度菩提树。索因卡是一位英俊青年，给人的印象就像是部落酋长的继承人，他的戏剧中富有魅力的主人公身上就有自己的影子。主人公虽然在伦敦学过医，但不屈服于殖民主义者的统治，比父辈更彻底地坚守部落的传统文化，开口闭口都在宣传革命运动，总是像个争取独立运动的斗士那样侃侃而谈。

他对大会提供给我们的房间不满意，说这房间简直像监狱，没法住，让主办方给他安排到别的饭店去住了。从他不久后真的被投入本国监狱的情况看来，这确实反映出了他内心的感受……

同样在亚特兰大的学术研讨会上，也是年轻的索因卡首先向主办国的代表前总统卡特发起猛烈攻击，他那咄咄逼人的架势给人的印象极其深刻。他质问卡特为什么不向美国政府提出抗议，因为美国对现在才被迫同意自己出国的尼日利亚政府采取友好态度。但是，索因卡并不是一个脾气古怪、不好接近的人。有关最近几年诺贝尔文学奖情况的一本书中写过，这位非洲第一个诺贝尔文学奖得主，在我和妻子也住过的斯德哥尔摩大饭店的酒吧里，竟然加入了年轻人的爵士乐队演奏起来，这使得他的朋友们玩得非常尽兴。

现在回到读书的话题上来。索因卡同意参加今年年底举行的读卖新闻论坛，我将作为主办国的作家与他进行合作。因为他在英国流亡，没有尼日利亚政府颁发的护照，只能持英国政府签发的身份证明来日本，所以主办单位派人去伦敦和他商量各种复杂的准备事项，回日本时，带来他送给我的创作于一九七五年的剧作《死亡与国王的侍从》。我深深地被它吸引，从中看到了这位天才的业绩。

我本想按前后顺序讲述该剧的情节，但还是先说说结尾吧。在跌宕起伏、动人心弦的悲剧结束后，市场里的女人们的领头人亚拉嘉向在场的人发出呼吁：

> “忘记已死去的人吧，连同活着的人也一起忘记吧。让你们的心扉只向那尚未出生的人们敞开！”
>
> （她在新娘的陪伴下退场。挽歌声渐响，女人们不停地晃动身体。灯光渐渐熄灭，一片黑暗。）

索因卡写的《序言》是一篇基于他长期饱尝苦难的经历向人们发出的警示。

本剧所描写的对抗极其抽象。它意味着以耶列辛这个人和约尔巴族的心灵世界为媒介，将生者、死者以及尚未出生的来者等一切生命连接起来的神秘通道，即变迁。

他之所以不得不说这些话，我刚才已经说了，是因为他承受了太多的人生痛苦体验……

这一文学体裁的主题群的危险之处在于，一旦被创造性地使用，就会被轻易贴上“文化冲突”这样的标签。姑且不谈这种经常性的误用，将异国文化与本地固有的传统的、在所有任意状况下的积极的等质性，以在后者的土地上为前提的方式来实现。

作者在《序言》中说，该剧的原型是一九四六年在尼日利亚的约尔巴族老城奥约发生的一起事件。但是，由于剧情的需要，作者把故事背景改在了第二次世界大战期间，因为作品主题描写的是被驱赶上战场的年轻人，所以这样的改动是可以理解的。战时，为鼓舞驻扎在非洲的英国军人的士气，英国王子出访尼日利亚。恰逢当时该国约尔巴族国王去世，为引导国王的灵魂进入黄泉之门，举国上下正准备为被挑选出来的骑士施行殉死仪式。

戏剧的幕布一拉开，出现了城市里的一个市场的场景，被挑选出来的骑士耶列辛在女人们热烈的欢呼声中出场。这些“赞颂者”簇拥着耶列辛。全身心都在等待殉死时刻来临的耶列辛，此时此刻，已进入了神灵附体般的精神状态。他得到了市场上的女人们的赞美。为了神圣仪式的需要，他还要接纳先他出场的新娘。随着仪式的进行，世俗市场里的女人们将耶列辛颂扬为具有举世无双的才干和充沛精力的了不起的人，整个气氛愈加热烈。

耶列辛在恍惚状态中向女人们滔滔不绝地讲述自己与鸟兽以及先祖神灵们欢游的情景。为了助耶列辛一臂之力，这些“赞颂者”代替那个已经死去，但尚未与马匹、爱犬一起踏进黄泉之门，还需要骑士耶列辛引导的国王的灵魂说话，以起到灵媒的作用。这种充满神秘气氛的祈祷与市场喧嚣的现实被深刻而又生动地戏剧化了。这个场景反映了植根于民族文化的丰富思想性，索因卡打算在日本朗诵这一场的台词。

殖民地行政长官皮尔金举办假面舞会欢迎英国王子的来访，他戴着约尔巴族神圣祖先的面具出场，使那些当地的仆人都惊惧得魂飞魄散。但是，他为了表明自己在致力于殖民地的文化政策，几年前把耶列辛的长子奥尔德送到英国去学习医学。

当奥尔德获悉国王去世、父亲即将殉死的消息后回国，他作为长子，要埋葬父亲殉死后的遗体。回国时，恰好搭乘王子访问非洲的轮船同时抵达奥约港。

听说了要进行古老的殉死仪式的行政长官皮尔金，暗地里开始实施破坏这个仪式的计划。他蛮横地动用自己的权力把耶列辛诱骗出来，关进了监狱。这样一来，耶列辛引导国王亡灵进入黄泉之门，这一维持国家与国民生死秩序的传统仪式遭到了破坏。

皮尔金夫妇以为在英国学习医学的奥尔德已被现代思想洗了脑，没想到和他一交谈，发现他们的期望完全落了空。奥尔德向这位白人行政长官的妻子抗议道："你们为什么要阻挠我的父亲去殉死？"但是，奥尔德并不知道父亲在行政长官的劝说下已经改变初衷，放弃履行这个神圣的义务了。也不知道父亲被关在监狱里保护了起来，以免被当地人抢回。就是说，他相信父亲正准备去完成引导国王亡灵的任务。

> 我怎么才能让您理解呢？我的父亲正受到真正的保护（这并非您所说的公民从政府与法律中获得的那种权利的保护）。如果没有能够从内心接受的最深切的保护，谁都无法完成他今天晚上将要实行的任务。您能够提供什么取代他所拥有的心灵宁静，以及他所受到的民众赋予的荣誉和尊敬呢？如果你们的王子在这次旅行中，在这次为展示殖民地旗帜的旅行中，不敢接受需要付出生命代价的机会，您对王子会怎么看呢？

这番剑拔弩张的谈话是在欢迎王子的假面舞会上进行的，王子正在舞池中央跳着舞。奥尔德又问道："在这激烈交战的时期，你们居然做出这样莫名其妙的事，还把我们的习惯叫作野蛮！"行政长官的妻子回答说："这是英国式的心理疗法，为了在思想混乱中保持精神的健康。"

换成其他人，会把这叫作颓废吧。但是，这丝毫不能引起我的兴趣。你们白种人知晓的所谓生存之道，我是看得很明白了。那就是通过一切逻辑性法则和自然法则，通过白人的所有民族之间的相互灭绝，通过对所有时代的具有民族特色的文明的毁灭，回到原始主义的状态，而这种原始主义只不过存在于你们对我们的想象里。我对这一切早就进行过思考，然后花了很长时间去探索。你们最大的技术就是如何生存的技术。但是，至少你们应该具有允许其他民族以他们自己的方式生存下去的慈悲之心。

难道说这种仪式性的自杀有助于你们的生存方式吗？

这比起大量自杀来更恶吗？皮尔金夫人，您把那些被将军们送往战场的年轻人，又叫作什么呢？

但是这时候，奥尔德的父亲耶列辛已经被行政长官说服，听任别人带着自己离开殉死的地方，充分具有现代思考意识的奥尔德在思想动摇的瞬间认为，这种偶然事件的介入也是神秘仪式本质的一部分。奥尔德赶到现场，弄清事情的真相后，决心代替父亲去殉死。他的殉死得到了共同体的认可，用原本为耶列辛准备的裹尸布包裹着他的尸体，在那些“赞颂者”和市场女人们，以及那位族长般的女人或者说是仪式性的新娘护送下，抬到他父亲的面前。被关在监狱里的耶列辛追随儿子自尽。全剧在“忘记已死去的人吧，连同活着的人也一起忘记吧。让你们的心扉只向那尚未出生的人们敞开”的优美台词中闭幕。

2

儿子的批评使耶列辛意识到自己的错误，他请求行政长官放自己出狱，重新去履行自己的义务。当然，这个时候他还不知道有责任感的长子会替自己完成殉死的使命。当行政长官断然拒绝了他的请求时，耶列辛悲痛地对行政长官诉说起来。

在你们的教堂里，信徒点燃蜡烛，垂下头对着火苗喃喃自语，向上帝诉说自己的心愿。难道我不觉得那是令人恐怖的情景吗？他的声音世人听不见。我的话也不是说给任何人听的，更不是说给抬这个物件——包裹耶列辛尸体的布和耶列辛的尸体——的人听的。因为那是只能低声说的话。父亲在我的耳旁低声说过，我也在长子的耳旁低声诉说。因为我无法对着风和广阔的夜空呼喊。

索因卡作品中蕴含的这种丰富而又神秘的感召力使我陶醉。耶列辛在一心一意地准备着殉死仪式的时候，他神灵附体般轻松自如地描绘非洲风土和飞禽走兽，诉说自己在阴阳两个世界之间自由来往的心灵景象的独白也具有极大的蛊惑力。我不能不相信在他们的世界里存在着独特的文化。我知道，这是不应该被其他异质文化抛弃、吞并的文化，而且也是不可能的。因为我是在日本四国山村里长大的，所以体会得到索因卡所表现的约尔巴族的神秘世界具有普遍性。这就是说，如果不断地深挖自己的人性之根，就会发现我们的文化与其他文化之间具有共通性。

3

通过阅读R. S. 托马斯的诗歌，以及我读过的并铭记在心的渡边一夫译的塞南古的名句，我感慨万分地联想到以自己独特的方式冥想死亡时的感觉，就如同记忆中儿时窥探老宅后院的水井时，从深深的井水里袭上额头来的阴森冷气一样……

我从索因卡的戏剧里也感受到完全相同的魅力，因为他的戏剧是更加直抒胸臆的，即以一种沉默的声音讲述着从父亲接受过来再传授给儿子、世代相传下去的神秘思想。同样，托马斯也在致力于将他的孤独思想传给下一代。毫无疑问，倾听他们的声音，才是我今后继续黄昏的读书的价值所在……

黄昏的读书（四）

1

今年秋天，在名古屋召开了德国和日本知识分子的学术研讨会。我参加了研讨会，发了几次言。其中一次与其说是阐述自己的意见，不如说是向德国的政治家提出关于德国政府对法国刚刚进行的第二次核试验（其威力相当于轰炸广岛的原子弹威力的七倍）持何看法的问题。

我向同在一个小组的德国前副总理兼外长根舍提出了这个问题。我说："法国退出北大西洋公约组织以来，一直强行推行自己的核军事防卫规划。此次核试验正是为了显示自己国家的军事实力。苏联解体以后，虽然俄罗斯还保存着大量的核武器，但大概没有人因此认为俄罗斯会对法国施行核军事打击。尽管如此，法国仍然坚持主张需要核威慑力，提出要把德国也置于自己‘核保护伞’之下的新方针。德国政府也发表了具有赞成该方针意味的声明。我对此表示反对，请问您是怎么考虑的？”

根舍仍然坚持必须拥有核威慑力的主张。同时，虽然没有明确表示，但从他的回答中能够听出，他对于法国的核军备体制与德国政府的新关系无疑是抱着支持的态度。研讨会结束后，根舍走过来对我说：“你和我的意见虽然有分歧，但这才是学术研讨会的意义所在啊。”还宽和大度地和我握了手……

我向根舍提出上面这个问题，与今年夏天同样在名古屋进行的，我和德国前总统魏茨泽克的谈话中学到的和思考的问题有关。魏茨泽克说：“欧洲不再以分散的各国，而是要以欧洲共同体的统一意志来推动世界这一区域的发展。”于是我表示：“希望欧洲的统一意志能够遏制欧洲共同体成员国之一的法国一意孤行的核政策。”

然而，根舍的意见与我的希望相悖，昭示了

欧洲共同体支持下的法国核试验这一政治构图。

2

在名古屋召开的那次学术研讨会规模很大，德国方面的参加者不仅仅限于政治家、学者等，而日本方面既有大藏大臣这样的人物，也有我这样的小说家。德国方面的小说家是一位很有魅力的女作家，她有一种成熟的知识分子的魅力。她曾把自己代表作的英译本和法译本送给我，对照阅读以后，我感慨良多。我这里所说的把两种文字的译本对照阅读，是我依靠其他语言来读外国原版作品的一个阅读习惯。比如阅读德语小说的英译本时，碰到理解不了的细微部分时，就对照法译本，这样往往能确切地理解其含义。

因此我经常告诫年轻人，如果能在大学里取得第二外语的学分，千万不可放弃。有的大学生以“我将来又不想当语言学家”为借口，只选一门必修的外语。我想对有这种想法的大学生说：“正因为你将来不想成为语言学家，才更有必要掌握两门以上的外语。因为有的人大学毕业进入社会以后，出于工作的需要，或者出于读书的乐趣，或者人到一定年龄以后，出于修身养性的需要，会自然而然地看起外语书来。到了那时，如果将该书与其他语言的版本对照起来阅读，其效果就等于请了一位家庭教师。”

参加那次学术研讨会的德国女作家名叫莫妮卡·马隆，生于一九四一年，是东德内务大臣卡尔·马隆的养女，从事文学写作后流亡联邦德国，其主要作品均在联邦德国发表。仅仅从这几句简要的介绍中，我们已经可以了解到她经历了多么艰难曲折的人生。

引述一下《朝日新闻》登载的她在研讨会上的发言概要，从中我们可以更加深切地感受到她经受过的人生苦难。

纳粹主义被推翻的时候，我才四岁。长期以来，我们的父辈一直拒绝回顾过去的恐怖年代。

联邦德国建立二十多年以后，长大成人的孩子们质问父母亲：“你们为什么那么轻易地宽恕过去？”

我的母亲是生于德国的波兰人，祖父是犹太人。五十多年前，母亲为了不让自己被强制遣返波兰，与德国政府进行过殊死抗争。可是后来她忘记了这件事。当她发现了当年的信件，回忆起此事时，也只是很无奈地说自己“忘记了”。

3

《寂静街六号》采取倒序的写法，一开头描写一个即将步入中年的女性前去参加一位前政府高官贝伦鲍姆的葬礼，她前不久还在为这位老人工作。与葬礼进行的时间同步，小说描述了她对自己与老人生前交往的回忆。民主德国许多已引退了的有权势者都住在这条街上，因此这条街上充斥着怪异的宁静气氛，仅仅这番景物描写就足以显示这位作家的实力。因为显示小说创作实力的一个主要标志，是能否鲜明地营造出作品世界的浓郁氛围，与其说是氛围，我想不如称之为方法更合适。

贝伦鲍姆是个握有大学行政实权的人物。他家里的女佣至今还称他为“少校同志”。这位贝伦鲍姆想要写自传，为了先将他的口述记录下来，便雇用了离婚后独居的女子罗莎·泼考斯基，这个女子就是小说的叙述主体。

罗莎虽然已经离婚，但还时常和前夫在酒吧里喝酒聊天。小说的结尾是，她知道了酒吧里的一个年老的朋友曾经被贝伦鲍姆赶出大学，当重新追究当年他被赶出大学的责任时，导致了贝伦鲍姆之死。

这位罗莎的生活原本应该笼罩着忧郁，却通篇渗透着某种奇妙的幽默感。她似乎对莫扎特歌剧、特别是《唐璜》的德语译本很不满意，打算自己从意大利语原文进行重新翻译，尤其是宣叙调[1]更有必要进行重译。

当她独自一人在自己的公寓里喝葡萄酒的夜

---

1 宣叙调也称“朗诵调”，是一种以语言音调为基础的吟唱性曲调。节奏自由，伴奏亦较简单。在近代西洋歌剧、清唱剧等大型声乐曲中，常用于咏叹调之前，起引子作用，或相互形成对比。

晚，喜欢沉浸于幻想。她想象房间里的六把椅子上（邻居的一位联邦德国朋友送给邻居十二把椅子，邻居以便宜的价格卖给她六把）坐着五个黑色的幽灵，她自己则坐在第六把椅子上，而且还和桌子上花瓶里的大波斯菊聊天。由于她的母语中名词有阴阳性之分，所以她在称呼上也很注意，将其作为男性时称为“cosmos”，将其作为女性时称为“cosmea”。她喝醉了后，意识蒙眬中，感觉人变成了动物又变成了植物，然后又从植物变成动物再变回人，生物们就这样不停地轮回着。

于是，她问大波斯菊：“你原先是人吗？还是正在变成人呢？”

> 干杯，亲爱的小姐。我说道。你知道一些事情，但是你不能说话，这太遗憾了。而我虽然能够说话，可是什么也不知道。

罗莎正在记录贝伦鲍姆口述内容的时候，一个名叫维克塔·泽茨曼的作家前来拜访。他想创作以六十年代柏林大学生生活为题材的小说，但是当年他才十四岁，记得不清楚，可是，二十四年前发生的事件对他的创作尤为重要，于是前来向贝伦鲍姆请教当时的情况。

贝伦鲍姆说：

> 在我们修建反法西斯城墙的值得纪念的一九六一年八月之前，每当我走进大学校门的时候，总是一边俯视着菩提树下的街道，一边浮想这样的情景：年轻的共和国国民的鲜血经过勃兰登堡门流进敌人的身体里……

听了贝伦鲍姆这些充满自豪感的话，罗莎见泽茨曼朝自己看，以为他过于震惊而向自己寻求支持，于是，罗莎代替作为客人不便驳主人面子的泽茨曼，用讽刺的口气对贝伦鲍姆问道：

> 所以您才决心用自己的鲜血来修建围墙，对吗？那么为了打击他们，大家的身体都需要开个洞吗？

贝伦鲍姆从容不迫地微笑着反击：“是的。我那时候还必须和你这类看法进行斗争。”

没想到的是，泽茨曼对这位年老的前权势者表现出了恭顺的态度：“我也相信那个决定（即修建围墙）是必要的。”

我把笔扔进葡萄图案的迈森[1]笔筒里，大声叫起来。

4

在名古屋的学术研讨会上，由于给我的时间比其他与会者多一点，所以有机会将莫妮卡·马隆小说的魅力介绍给日本听众。在会议休息时，马隆走到我身旁，很认真地对我说道：

“您刚才讲的有关战后五十年和日本人的内容，我听明白了，但是对于您所讲的我的小说，也许由于翻译的关系，我一点也没听明白。”

我觉得有些抱歉，马隆对我微笑了一下。我

1 德国著名的瓷器之都。

再次意识到了她的小说所具有的不可轻视的幽默。我刚才介绍的她的这篇小说，曾被《纽约时报》评价为在“文体和尖锐的幽默”上非常出色……

读了莫妮卡·马隆的小说，最使我感动之处就在于描写了一位历经战后苦难而生存下来的知识女性的人生。她具有客观地正视自己人生的残酷性的意志力。她对那些处于比自己的环境更加恶劣的牺牲者抱有由衷的同情，并为表达他们的心声而大声疾呼。

《朝日新闻》上刊登的莫妮卡·马隆发言的后半部分是这样的：

> 谁也不能禁止牺牲者的无罪的忘却。但是，没有牺牲的人不能忘却。
>
> 因为卑怯而成为同谋的人，或仅仅是缺乏勇气的人，对罪恶视而不见的人，用不法手段为自己谋利益的人，这样的人是不能忘却的。
>
> 人总想要忘掉自己的羞耻和屈辱。当肉体经受无法忍受的痛苦的时候，人会神志不

清，直到肉体适应了痛苦为止。也许忘却与这种昏迷相同。

德国统一后，为了重建原来民主德国所在的地区，从西部源源不断地送来金钱和技术，东部的人们在感觉到幸福的同时也感到了屈辱。

背负罪恶深重的过去而生存之所以很难，是因为难以保持自负心与自我批判意识之间微妙的平衡。要面对自己的过去，需要自负。而要提高自负，需要自我批评的意识。

很显然，这位德国女作家在本质的问题上具有坚强的理性。她作品中的女主人公罗莎也给人稳健而又从容的印象。从莫妮卡·马隆的脸上看不出经历过苦难人生的颓唐，只能看到以独自的方式再建自己伤痕累累的人生的气魄。

由此，我联想到我国那些才华横溢的年轻女作家。她们的作品所具有的新鲜感和鲜明的个性，与年轻时期的莫妮卡·马隆很接近。我国的女作家虽然缺乏马隆那样的尖锐严峻，但同样具有各自独特的幽默感，这一点在吉本芭娜娜的作品中尤为明显。

但是，在她们能够充分发挥自己出色观察力的民族风俗的根基里，是否有着对这个还充满了苦涩的时代的关注呢？她们是否在这个认识基础上，以坦率而积极的态度全力去探索对明天的思考呢？

我国也有像佐多稻子[1]这样与莫妮卡·马隆相比毫不逊色，在人生观、时代观方面经过千锤百炼的女作家。我希望日本的年轻女作家都能像马隆和佐多稻子那样，切切实实为把自己的人生深深扎根于这个时代而努力。

5

在我给你写信的时候，听说你的硕士论文已经完成，还收到了公司寄来的入住单身宿舍的通知；还有你，好像原先打算辞去图书馆的工作，

1　佐多稻子（1904—1998），日本著名女作家，著有《我的东京地图》《树影》等长篇小说。

和上司、同事商量之后，决定继续再工作一段时间。我和妻子、光不久将去新泽西州普林斯顿旅行。

我还会从大洋彼岸给你们写这种读书笔记似的信，这些信简直就像“遗书”，只能写给自己看。以我这样的性格，也只有通过这种形式才能把自己的心思告诉你们。

这些信如果能够成为黄昏的读书人写给正值青春时期的读者的信，那该多好啊。对于我来说，这个目标虽然有点远，但希望它能够成为留给你们的真正有效的“遗书”……

关于《平静的生活》的两封信

1

（阿园——作者致读者）

《平静的生活》可以说是一部由静静流淌的时间这个纵向轴，与父母出国期间留在家里照顾残疾哥哥的家人这个横向轴组成的长篇小说。其实，我在写《平静的生活》第一章时，只不过是想写一篇结构完整的短篇。

可是，《平静的生活》第一章发表以后，继续由叙述人阿园从女儿的角度，以女儿的口气讲下去，结果写成了一部由六章构成的小说《平静的生活》。

现在看一看我在日历上写的日程安排，发现在写作这本书的一年多时间里，我也和作品里的父亲一样经常出国，很少在家。

前年，因获得欧罗巴文学奖[1]，我要在布鲁塞尔进行获奖讲演。机票由对方提供，我就顺便去了莫斯科，参加辛吉斯·艾特玛托夫（这本小说里也谈到他）担任主编的《外国文学》杂志举办的会议。去年在加利福尼亚大学圣地亚哥分校讲学。接下来去美国、韩国拍摄电视纪录片《世界还记得广岛吗？》。年底在法兰克福书展主持日德学术研讨会，与君特·格拉斯进行了公开讨论。

我进入小说家生活之后，大约每隔三年都要集中阅读某个主题的书籍。我并不是主动地选择某个诗人、某个哲学家、某个历史学家或者某些文学理论书籍来读，而是当自己在生活的道路上，遇到难以逾越的困难时，为了寻找如何战胜难关生存下去的手段，才会钻进自己选择的书堆里去的。在写作这部作品的时候，我开始阅读叶芝，所以小说中随处可见初读叶芝时的痕迹。

《平静的生活》里的小说家K想阅读布莱克，

1　欧洲共同体设立的文学奖。

就去伯克利分校向著名的专家学者请教。其实这个情节与我前些日子的实际情况差不多。那段时间，我先是读布莱克，然后是读但丁，再后来是读叶芝——如果把每个读书对象和我自己分别作为三角形的支点，那么另一个支点往往就是布莱克。

此外，作品中出现的塞利纳[1]是我在法国文学科学习时就一直大量阅读的作家。当时我已经开始研究萨特，考虑到塞利纳是萨特的论敌，我就买来几本他的书阅读，从此便一发不可收，以至比起萨特，作为小说家，我更尊重塞利纳。而且他的人格也深深吸引着我，在身心遭受巨大痛苦创伤时，他也决不气馁——“努力吧，孩子们！”这一切都直接反映在我的小说里。

现在重读《平静的生活》这部小说，发现有许多情节再现了我的实际生活。我反复看着小说，好几次都让我回忆起过去：“啊，是有这么回

1 塞利纳（1894—1961），法国作家，原名路易·费迪南·德图施，塞利纳原是其外婆的名字，在发表《茫茫黑夜漫游》（又译《长夜行》）时以此为笔名。

事！”例如作品中的伊约（长子光）创作《肋骨》时的情景……

不过，比起其他以光为原型的作品来，这部小说在本质上更具有虚构性。具体以我的家庭来说，小说家K虽然相当于我本人，但在伯克利分校的生活情况、处理危机的方式等都不相同，最根本的不同在于他能坦率地进行自我告白。

《平静的生活》之所以能够成为这样一部特殊的作品，将阿园这个年轻姑娘设定为叙述人是最直接的原因。根据我长期以来的创作经验，小说的秘密归根结底在于如何叙述。当然，如何表现思想、塑造人物、描写事件等也很重要，但如何叙述这部小说更为重要。叙述方式的决定和实施是创作小说之前和修改时最劳神费力之处。我打算停笔几年，最重要的原因就是觉得反思自己的小说叙述方式已迫在眉睫。我在想，我的小说叙述方式是否将自己对生存本身的理解变得肤浅了呢？或者说，如果不在有生之年创立自己的真正的小说叙述方式，死都不能瞑目吧？

听起来似乎危言耸听，但我现在就是这么想

的。我打算继续慢慢阅读与小说的叙述方式截然相反的斯宾诺莎的文章——这位十七世纪的哲学家把想象力的作用置于很低的位置上——也是发自重新起步的决心。

我刚才提到这部小说的原型问题，如果伊约与光极其相像的话，那么他的妹妹阿园这个叙述人是否就是光的妹妹呢？关于这一点，我必须加以说明：阿园这个人物完全是虚构的。因为我发现在创作时与其先塑造一个人物，不如先确定小说的叙述人，准确地说，是确定一种叙述方式、叙述手法。我创造了这一叙述方式写出短篇《平静的生活》，后来发现以此叙述手法可以展开小说世界，最终完成了一部长篇小说。

塑造出这个叙述人之后，我继续阅读叶芝。在这次创作经验的基础上，我又发现了现在写作的“最后的小说”《燃烧的绿树》中的叙述人——两性人阿佐及其叙述方式。

2

（伊丹——原作者致观众）

《平静的生活》由伊丹十三先生拍成电影是我最为高兴的事。十六岁时，我转学到松山高中，与伊丹成为好友。从那个时候开始，我似乎就在心底预感到，在未来的人生中，我们很有可能一起成就一番事业。

电影《平静的生活》与原著不完全一样，伊丹修改了好几次剧本。妻子每次都会十分认真地阅读剧本，并发表自己的看法——她对这个哥哥一向也是怎么想就怎么说的。她把第三稿拿给我看之后，我就一直在思考一个问题。

伊丹以他的叙述方式把小说改编成了电影。小说最重要的也是叙述方式。在这个认识的基础上读了伊丹的剧本后，我真切地理解了他的改编。“啊，原来他是这么讲故事的呀。”我为之感动不已。我不知道电影创作是否也使用小说的“叙述手法”这个用语，但是读了他的剧本后，我发现他正逐渐将这种特有的叙述方式加以切实运用，从而形成自己的风格。对于我来说，能够看到故事成为具体影像在银幕上演绎实在是种享受。

剧本一开始表现的重要主题直接取自小说《平静的生活》。要是直接引用原著的话，在我的小说里是以如下这种方式出场的。电影中的人物音乐老师团藤先生即小说中重藤先生的夫人，对和残疾哥哥伊约一起留在家里的阿园说过这样一段话：

> 要说我的感觉呢，我生来就是一个微不足道的人，一直这么活到现在，以后还要再这么活一些日子，然后就作为微不足道的人死去……
>
> 我想得非常简单，无论多么细微的事情，从来不对自己搞特殊化。只要把自己当作微不足道的人，就会活得很自在，然后自己尽力而为就是了。所谓尽力而为，其实不过是重藤教给我的，当女儿感到寒冷疲惫的时候，把围巾给她围上这么简单。
>
> 我准备一辈子都做微不足道的人……

伊约，对不起啊，我又要说不吉利的话了。我觉得自己在临死之际也能够从容地回到无，就是说从最接近无的地方走向无。想象什么死后的灵魂啊，永恒的生命啊，不就是使自己特殊化的感觉吗？比方说，和虫子相比吧……

我读到剧本的最后部分，感觉“微不足道的人”这个主题有所缩小，不过，也许在拍摄过程中又会扩大。即使不再扩大，在伊丹导演的指导下，团藤夫人和阿园的表演也会充分表现出微不足道的人的决心。

在刚刚提起将这部小说拍成电影的时候，我和伊丹商讨过这个问题。当时他对这个主题也非常认同，给我的印象很深。他说话总是经过深思熟虑，从他的父亲伊丹万作的随笔中，能感觉到伊丹的性格与其父一脉相承。他说“微不足道的人”这个主题很好，是他读过好几遍《平静的生活》后得出的结论，同时也表明他已经开始构思电影《平静的生活》了。

不过，仔细一想，伊丹对“微不足道的人”这种主题感兴趣让人很不可思议。从我少年时代第一次见到他的时候，他就是个与众不同的人。他身穿母亲特地为他定做的深蓝色呢绒短大衣，是个英俊潇洒的美少年，按规定在高中校内不许穿这种衣服。他对刚刚翻译过来的卡夫卡的《审判》有着自己独特的见解，会阅读伽利玛出版社[1]出版的兰波诗集，非常喜欢贝多芬后期的弦乐四重奏，还是个毫不惧怕视他为眼中钉的体育教师的男子汉。除此之外，众所周知的是，他是那位最早将日本电影推到理性高度的导演的儿子。

后来伊丹自己也拍起了电影，而且声名远扬。我在纽约、巴黎与知识界人士谈话时，对于Juzo Itami（伊丹十三）这个名字都无须多加解释。我在斯德哥尔摩还亲耳听到过国王、王后对《蒲公英》的评价。而他现在却对“微不足道的人”这个主题非常感兴趣。

1 法国最大的文学家出版社，主要出版文学艺术、人文学等方面的图书和期刊。

伊丹在自己的人生中经常是以严厉的批评来磨炼自我的。他有一种独特的方法论，形成了与众不同的风格，但在具体的导演工作上，他与其说依靠理论，不如说依靠的是敏锐的观察力。实际上，伊丹对人、事物、风景等所有一切都观察细微，然后经过认真深入的思考，得出自己的明确坚实的判断。现在，这位艺术家的目光集中在“微不足道的人”这样的人生观上，并且在心里形成了具体的模式。我觉得，伊丹正是在此基础上，对我的作品产生了共鸣。从少年时代开始便能够如此理解我、给予我深深的喜悦的好友实在是可遇不可求。

伊丹打算在电影《平静的生活》里使用光的音乐。伊丹的音乐才能传承自他母亲的家族；而他和他的妹妹，即我的妻子，从他父亲的家族中继承了绘画的才华。可见，不论从哪个方面说，他都不是“微不足道的人”。司马辽太郎就曾称伊丹为“异人”。现在“异人”指的是外国人，其实原意是“与众不同的人”。伊丹对“微不足道的人”进行了认真思考后，将其视为人应该具有的根本道德。我想，这才是电影《平静的生活》价值之所在。

我已经搏斗了！

1

那天我们应邀去参加电影《平静的生活》的首映式，很晚才回家，然后和留在家里看家的女儿聊了起来。我们全家都是这部电影里出场人物的原型，女儿的角色在电影里还起着核心的作用，但她从策划阶段开始就决定不发表自己的意见。尽管有时候我会征求她的认可，“伊丹这么说，你觉得可以吗？”，等等。她也没去参加首映式，尽管是因为要去大学的图书馆上班。光对妹妹说了自己的发现，好让妹妹高兴。

“她叫阿园，因为她的脑袋像球那么圆。”

光大概从一开始就觉得奇怪，电影里的妹妹叫阿园，可是家里的妹妹叫阿薰。随着故事情节的发展，光看到电影里有这样的对话，才弄明白了，所以一回到家里，他就马上告诉了妹妹。他一边说着，一边愉快地看着妹妹像球一样圆的脑袋……

女儿从小学到高中，和我的关系好像就不大顺畅。从我这边的感觉来说，其原因可能是：我的小说往往会描写家庭，在演讲中我也经常涉及家庭，演讲记录有时会被刊登在报纸上，女儿的老师看过后，会对女儿谈自己的感想，可是，我的表达方式或者老师的理解与我家里人、尤其与女儿的原话就有了出入。因此，有一次老师问女儿："你对父亲说过这样的话吗？"女儿丈二和尚摸不着头脑，她一回到家里，就非常认真地向我提出抗议。老实说，我对于有些老师这种瞎起哄的做法也有看法。

这样的事屡次发生以后，我在小说、随笔中便不再涉及女儿的言行了。她在大学里参加助残志愿者活动，回到家里，吃晚饭的时候，说自己为那些残疾儿童的言行深受感动。尽管这些很动听的小故事和语言超越了小说家的想象力，我也决不在文章中加以引用。因为当她感觉父亲对自己谈的事情感兴趣时，就突然不再往下说了，而且还叮嘱一句：

“这是我朋友的隐私！”

我打算把女儿和她的哥哥光的关系作为原型写进小说里，就跟女儿交换了这个想法，并根据她对我说过的话，在小说《平静的生活》中从叙述人阿园的角度写了下面这样一段：

> 说到我的作家父亲，他一天到晚都在书房或起居室的沙发上看布莱克的书。几年以后，他将从预言诗中获得的形象与哥哥成长时期发生的事情结合在一起，写出了系列短篇小说。我和阿央都被当作人物素材写了进去。于是我对弟弟说：“即使是出于好意，但只根据自己单方面的感觉就把我们写进去，我可不愿意。我的朋友都知道咱家的情况，倒无所谓，可是以后我认识新朋友的话，人家会对我有偏见的，真烦。”没想到冷静的阿央听了，对我说：

“那你就说那是小说，不就行了？”

我作为作者和父亲，希望当有人问孩子们对我小说里的原型有何想法时，他们能像刚才那样回答。

2

光喜欢看小说中自己被布莱克唤醒的情节。

也许有人对于光这样的残疾人具有阅读成年人小说的能力抱有疑问。说得详细一些，他是把小说中的自己说的话称为“我的台词”，特别喜欢阅读这些部分。在《新人啊，醒来吧！》以前，我在小说中把以光为原型的人物，比如伊约，说的话全部用黑体字印刷，这样光比较容易从书中找到有自己说话的地方。

他天生喜欢看字，如同他喜欢音乐一样，而且看得十分认真仔细。他虽然看的主要是刊登FM节目表的杂志和CD盒上的说明，却看得非常专注，一旦发现错别字，便立刻告诉母亲。尤其是发现外国演奏家的名字错得很离谱的话，就更是兴高采烈地去告诉母亲了。有一次，光去残疾人职业培训福利院的时候，我和妻子想听CD，发现一张CD里夹有光写的卡片。这是一张录有电影《平静的生活》插曲的原版CD，其中柴可夫斯基的曲名印刷有误，将《悲怆》误印为《非怆》了。光在卡片上写道："这是第六交响曲。想写的是《悲怆》，但没写'心'。"

我和妻子曾异想天开地议论过，要是有哪家CD或者FM杂志编辑部能够雇用光当校对，那该多好啊……

只要是阅读文字，光就能够看明白小说中描写自己的部分，那么他是怎样理解电影演员表演以自己为原型的人物的呢？这是自从伊丹决定把《平静的生活》搬上银幕以来，我就一直很感兴趣的问题。

3

电影开拍几周后，伊丹邀请我们去摄影棚观看拍摄现场。妻子、光和我一起兴致勃勃地应邀前往。在一间又高又大的仓库里，他们已经布置好了模仿我们家的场景。从起居室到餐厅之间的地方架设着摄像机，场景外侧搭了一座望楼那样的高台，上面放着导演坐的椅子，伊丹坐在椅子上，看着录像机画面，不断地对演员发出简单的指令，让演员重拍。我们并排坐在导演斜后方观摩拍摄现场。

伊丹虽是我多年的老友，但我还是第一次观摩他作为导演拍摄电影的实况，觉得非常新鲜有趣。有一个场景，导演多次纠正演员的动作和台词的声调，同时不断地调整摄影机的位置和照明。我感觉每次纠正后，演员表演的准确性和鲜明性都得到了明显的提高。

用我长期从事的文字工作来比喻的话，这一重拍的过程就相当于对小说中的一个情节加以补充、删改的过程。写文章的时候，只要对表现暧昧、不成形的地方不满意，我就要重写。经过这样不断地修改，文章逐渐成形，形象也愈加鲜明，二者完全协调了起来。于是，当一个情节确定下来，我感觉自己才真正把握了这个情节的意义，原先的理解差得很远……

伊丹在拍摄结束以后的剪辑过程中，也同样要付出创作者的巨大精神劳动。从小说的角度来说，这大概相当于初稿完成后，对情节结构进行调整、修改。即便到了这个阶段，作家还会对小说中的细节进行改写，这一点与费时费工的重拍电影恐怕是有所不同的。尽管如此，现在伊丹也在拍摄明了而又确切的镜头。我在自己一直阅读的、研究十七世纪哲学的英语书籍中注意到了clear and distinct（明了而又确切）这个词语，伊丹的电影就具有其自身的明了和独树一帜的确切……

我将支撑伊丹导演创作过程中的精神作用与自己创作小说时的精神作用相比较，深深为之感动，因为它是包括心灵、感性、理性乃至运动神经的一个总体。看了快一个小时的时候，一直坐在我身边探着身子观看的光勇敢地伸手摸了一下伊丹的胳膊。伊丹回过头，目光温柔地看着光。光指了指正趴在起居室地毯上作曲的扮演伊约的年轻演员，又指了指整个场景说："其实，他演的就是我啊！"

光能够理解这些场景的含义，首先要归功于扮演伊约的演员渡部笃郎的出色表演。渡部先生很可能自己主动去护理学校或残疾人设施之类的地方，细心观察过弱智儿童以及弱智年轻人。他塑造的伊约形象，实际上是比光更加活泼的残疾人类型。尽管如此，这个形象身上依然有着光的影子。目光里充满了天真无邪的力量，正是渡部这位很有发展前途的年轻演员的闪光个性之一。渡部与其他男女演员在共同营造的家庭氛围中进行了一场三四十分钟的表演。光一直全神贯注地观看和倾听着。

我虽然也在观看拍摄场景，倾听着演员的台词，但心不在焉，脑子里总是东想西想，和伊丹一样，这是我从小形成的性格。我们的左边是树木繁茂的院子，从房间内拍摄外面的镜头时，可以看见餐厅外面阳光照耀下的树木，再往前是天空背景，摄影师和伊丹导演在一一调整拍摄的角度。为保证起居室窗外院子的真实感，所需的树木是现栽的，也有的是盆栽。其中有一棵大树的树干，上边的枝椏被锯掉了。光看树皮，我觉得是枫树。我想象着这棵枫树中数一数二的巨树，也曾绿叶婆娑过，入秋后，也曾红叶妖娆过。在这个电影制片厂拍摄历史片时，它一定也发挥过很大的作用吧……

我还想到了在前几篇文章里谈及的诗人R. S. 托马斯，因为我的思绪总是离不开这些日子阅读的书籍。托马斯在谈话中使用过的articulate这个词的意思是分节化，其词源在拉丁语中是artus，即关节，表示“明确区分”的意思。结构主义被引进我国后，学者们经常使用“脱臼”这个词，用于强调主动切断逻辑联系或者起到颠覆的作用。如果用be put out of joint（脱臼）这种口语，拉丁语英语辞典里的artus与joint的语义就联系了起来。伊丹导演现在的工作就是首先让演员们的想法“脱臼”，然后为重新组成一个镜头而分节化，在此基础上逐渐产生一个明确的“整体”……

坐在正浮想联翩的我身边的光，从眼前进行的表演被拍摄成胶片的过程中，发现自己弄明白了一个问题。

“其实，他演的就是我啊！”

其实光想要说的是整个表演过程，但知道自己缺乏足够的语言来表达，便用手画着圈说道。

后来伊丹说，光的这句话是他导演这部电影期间最令人欣喜的体验。他还告诉我，我前面应该也写过的，光的每一首曲子都具有讲述一个故事的特性。我正是通过伊丹的电影了解到了光的音乐的这一特性。

除了我的女儿（电影中阿园的原型）和因忙于硕士毕业论文很晚回家的次子（电影中阿央的原型）没去之外，我们一家人都观看了《平静的生活》的首映。电影的故事情节顺畅地进展着，伊约练习游泳，终于能游到二十五米了。这个情景由于渡部的精湛表演，特别感人。但那个自告奋勇担任游泳教练的青年的复杂性格，与阿园的道德性格（前面文章已有涉及，不同于单纯的"道德性"的性格）之间积累的矛盾终于爆发了。

看到游泳教练对阿园进行性侵犯，虽然感觉教练未必真想那么做，但伊约紧紧抱住了教练。在恢复平静后的阿园协助下，伊约制服了教练。然后，伊约和阿园逃出公寓，俩人在瓢泼大雨中跪在院子当中相拥而泣。此时响起了光的曲子《毕业》的旋律，使这个场面更具有强烈的感人效果。光在观看这个镜头时似乎特别专注。

这个事件过去几天以后，伊约像往常一样悠闲地作曲，阿园待在他旁边。电影在这种名副其实的“平静的生活”的场景中结束。

看过电影后好几天，我和妻子常常谈起各自的感想，光却显出与己无关的样子。有一天，他来到我身旁，显然带着某种意图。身体状态正常的话，只有星期六或星期日他才会从早晨起就待在家里。

我和平时一样，坐在扶手椅上工作。光仔细瞧了一阵贴在起居室房门背后的《平静的生活》的电影海报，这是光想向我讲述对这部电影的感想的准备动作。尽管光在现实生活中根本没有亲身经历过电影里的那个高潮事件，却对此发表了一句感想：

“我已经搏斗了！”

Upstanding

1

根据我现在读书时使用的英日辞典（《研究社读者英日词典》）的解释，Upstanding 这个词的意思是：

直立的、挺拔的、伫立的、高洁的、正直的。

我喜欢这个英语形容词。W. B. 叶芝在《塔》的第三节里使用了这个词，我很喜欢这首诗，从年轻时开始就翻译过好几遍，尽管没有机会发表。这是一首表现诗人老年时的思想的诗，却不知为何吸引了我这个二十多岁年轻人的心灵。凡是读过叶芝诗歌的人，都使用过A. N. 杰法兹的注释。前些日子，神户的一位英国文学研究专家对我的《燃烧的绿树》的书名提出异议，而且还复印了书中相关部分作为“资料”寄给了我，让我很是吃惊。对我们这些外行的叶芝读者来说，除了优秀的学者朋友会客气地指出我的问题外，来自性格怪僻的专家的这种指责恐怕还算是轻的。叶芝生于一八六五年，写在这首诗的草稿最后一节上的日期是一九二五年，也就是说，诗人写作这首诗的年龄与我现在的年龄一样，这更使我感慨。

我写遗书的时候，
选择坚定正直的人们
他们逆流而上
到达喷涌的源头，黎明时分
向滴水的岩石边　抛去钓丝，
我大声说：他们继承我的尊严。
人的尊严，既不受大义也不受国家的束缚，
既不受遭到唾弃的奴隶的束缚
也不受唾弃奴隶的暴君的束缚。

迄今为止，我也译过相当多的外国诗，却

没有考虑出版一部译诗集，因为总有一行诗句或者一个词译得不能使自己满意。妻子说我在二十多岁时曾送给她一本私家版的译诗集，说不定她至今还保存着。对于包括上面这一节在内的译诗《塔》，我今后还会继续修改，这也是自学者的乐趣。

2

我清楚地记得自己最初是把upstanding译为“坚定正直的”写进文章里的。这篇文章是我为第二天举行的一柳慧[1]的夫人的葬礼准备的悼词，将近凌晨时才写好。下面先转录一下这篇文章。落款日期是一九九三年十二月三日，已经过去了整整两年。

听说您（一柳纯子女士）得了不治之症后，我送给您很大一本有很多彩色植物照片

1 一柳慧（1933—　），日本著名现代作曲家、钢琴演奏家，得到世界的高度评价。

的岁时记。因为我考虑到，这样的书可以让您即使侧身躺在床上，不用翻页也可以看上三十分钟。

您非常勇敢顽强地与病魔抗争，以积极乐观的态度面对人生的磨难。我经常收到您的来信，还收到了您亲手制作的美丽的小册子。

我从您的信中了解到，您忘不了闻着野上弥生子[1]女士娘家的臼杵酱油酿造店煮大豆的气味上小学的往事，您没有忘记少女时代经历过的战时体验——那些从避难的山上眺望遭到空袭后火光冲天的城市的夜晚。您还给我的残疾儿子写信。我和妻子从报上看到您去世的消息时，感到非常惊愕和悲哀，我的儿子在一旁默默地听着我和妻子的交谈，他无法用语言表达自己的思想，但在当天作了一首《Mrs.I安魂曲》。其中有一处写了个

---

1 野上弥生子（1885—1985），日本女作家、翻译家，原名八重子。在夏目漱石影响下开始文学创作，具有比较明显的现实主义倾向，作品有鸿篇巨制《迷路》等。

"诗"字，意思是在钢琴乐曲声中加入一段诗朗诵，即您来信中的一段话，儿子认为是"诗"。

我在法兰克福聆听过一柳慧先生的作品《路》。这部作品是日本传统音乐与欧洲现代音乐相结合的最优秀的现代音乐成果。作为我们共存于一个时代的标志，它还印证了终于走出血腥战火的德国人的苦难。

纯粹的音乐技法与现代世界的生存体验构成的内蕴是作品构思的基干。作曲家孜孜以求，不断创作出优秀作品，生活一定非常紧张。然而，多年来一柳慧先生能持之以恒，无疑离不开您的鼓励和支持。

您在来信中对我的作品和我儿子的作品一直给予积极的支持，所以我完全可以想象出您对一柳慧先生的支持。从您的来信中，我始终能感觉到您的生活态度和思维方式所具有的坚定正直的伦理性，而这坚定正直的伦理性与今天社会的发展、世界的未来是结合在一起的。我们从一柳慧先生的音乐里感受得到您的心灵，以及先生在与您共同生活中获得的回音。

您的一生是壮丽的一生。您安息吧！

3

通过阅读自己的文章，特别是隔了一段时间之后阅读，可以获得最恰当地进行自我批评的切入点。参加拍摄的电视纪录片，或者电视对谈的录像，都是过一段时间后才能看到，虽然并非毫无精神准备，但我还是经常对自己有新的发现。

其中之一是自己的身体姿势不好看，就是说，自己的身体不是upstanding。我从小就不喜欢理发，总是想各种法子逃避；家里偶尔给自己买一件新上衣或者新衬衫，也不愿意马上就穿，因此挨过母亲的骂。因为我对穿着打扮毫无兴趣，甚至有些害怕。就是现在我也从不去商店买衣服，都是由妻子包办代理。我穿上妻子买来的衣服接受采访拍照后，一看寄来的照片，总是觉得从胸部到腹部很不服帖。我穿的衬衫、外衣都是买现成的，不是定做的，于是我怀疑做工是否有问题。

可是，自己去西服店量身定做，又太费时间，相比之下，买现成的衣服，虽然不太合身，但还是能凑合过去，并不觉得有什么不愉快的。我就是靠着这个理由对付了几十年。

但是，两三年前的一天深夜，我突然发现自己在电视里的形象具有与众不同的特征。第二天恰好是星期日，早晨起来，见光正穿着睡衣听FM，便让他穿上我的衬衫和外衣——因为我的体形和他相似，坐在椅子上。我仔细端详了一阵，发现他从胸部到腹部这部分很服帖。

女儿坐在餐桌旁蛮有兴致地瞧着我们，我对她说："我一直觉得自己在照片里或者上电视时，从胸部到腹部的衣服总是显得鼓鼓囊囊的，演讲的时候，在众目睽睽之下想必更是如此了。我原来认为这是你母亲挑选衣服有问题，但又不敢跟她说，所以一直憋在心里。现在我才明白了，其实不是我的体形有问题，而是坐的姿势不对！"女儿听我这么一说，赶紧去告诉母亲，她们都憋着笑，脸上流露出了惊讶的神色。

这是因为我深刻地认识到自己的姿势并非

upstanding。

而且，我还从电视里发现了需要进行自我批评的精神方面的问题。《父子共生》中有这样一个镜头：我像和尚那样在胸前竖起一只手，对没有出现在画面里的制片人M说："光出生的时候，我惊慌失措地极力想逃避这个天生残疾的孩子，自己身上缺少那种坚定正直的感觉。"因为摄制组已经在我家里拍摄了好几个月，与他们相处得十分融洽，于是我把没有写进文章里的真实感受告诉了他们："当时我的心态和人生态度并不upstanding……"

还有一次，就是不久前，我在电视节目《彻子的房间》里与幽默风趣、认真机智、游刃有余的主持人黑柳彻子女士对谈时，谈到了自己年轻时性格中的阴暗面。不过与年轻时自己头脑里臆想出来的绝望感不同，经过实际生活中遭遇光的出生以及接踵而来的困难，即面对产生绝望感的根源而拼命招架的过程，那个曾经青涩的自己也逐渐变得坚强起来。我一边说，脑子里一边习惯性地闪现出几个词语，其中之一，也是最核心的一个词就是upstanding。

4

还有一个英语形容词decent，我也经常使用。而且我觉得在这两个词之间已经架起了一座牢固的桥梁。

decent这个词，既指人所具有的内在的高尚心灵，也指外表呈现出来的优秀品格，还有对别人的宽容态度、以及与别人在一起时的融洽感等意思。

而且这样的人首先自己应该upstanding，在别人眼里也属于那种正直、挺拔、沉着的类型，且有此品格之自觉。他在社会里人品高尚，对家人和邻居行为正派。能够与decent而又upstanding的人成为朋友，这是多么宝贵的财富啊！回顾我的人生，十分幸运地结交了几位这样的朋友。

说到我的家庭成员，在我眼里，我的妻子是upstanding那样的人。她值得骄傲的艺术家父亲过世之后，在战后艰难的岁月里，她从小就独立支撑着这个家庭：性格单纯得有些古怪的母亲，以及同样怪僻而又才华横溢的哥哥。

另外两个孩子正如我在《平静的生活》里所写的那样，他们只希望像微不足道的人那样普普通通地生活，这显然是通过与哥哥的共同生活学到的。光的妹妹从小就明确表示要照顾残疾哥哥一辈子，她极厌恶被媒体搞得很出名的父亲，这些痛苦的体验养成了她的独立性格。我想这也属于upstanding范畴吧！光的弟弟很早就进入了我这个父亲的影响无法触及的理科领域，在专业上父子绝缘了。他也具有独往独来的性格，虽然与残疾哥哥的关系不像姐姐那么紧密，却一直很关心光，在生活上也会承担照顾哥哥的责任，毫无怨言。

然而，最使我感觉不可思议、又从心底觉得很自然的是，光从显露出智力障碍的幼年时期到成为职业培训福利院一员的现在，一直都是upstanding的人。

5

最后，我再翻译一首与W. B. 叶芝隔海相望的威尔士诗人R. S. 托马斯的诗，同样表现凯尔特人[1]早期文明的诗《观海》。

灰色的海水，如同
人们进去祈祷的
广阔领域。多少天
多少年
它使我的眼睛得到了歇息。
我是在等待什么吗？
除了无休止的波涛，
一切全无意义。
啊，罕见的鸟，
真正罕见的鸟。它飞了过来，
在人未看见的时候，或无人的时候。
你必须凝视着，直至眼睛磨破

1 公元前两千年生活在中欧的一些有着共同文化和语言特质的有亲缘关系的民族的统称。

如同别人将膝盖磨破。
我成为岩石隐士，
与风与雾同住。日月如梭，
空虚太过美丽，
如同被空虚掩般的，那不存在
如同现存的空虚。再没有人说起我，
决不会有的，我的心太过孤独，
在它长久的断食之后，
我祈祷般守望着大海。

信奉上帝的R. S. 托马斯，如此执着地在海边的岩石上等待着不在此处的上帝。由于年龄的关系，这位诗人的姿势或许并不潇洒，但在精神上，以及在作为一个人的整体上，他千真万确是一位令人景仰的upstanding老者。

温馨的进餐

1

凡是记录艺术家和学者日常生活的日记或者回忆录，以及依据这些记录撰写的评传，不论国内还是国外的我都喜欢看。我打算用几年时间集中阅读某个专题的书籍，去出售这些新书的外文书店时，往往一发现与原本想购买的研究主题无关的这一类书，我就忍不住要买下来。回家后，把它们摆在起居室的书架上，打算在工作安排或业余学习中腾出一周左右的空闲时间仔细阅读，一般要等上一年左右。现在，英国作家马尔科姆·劳里[1]（我年轻时候就非常喜欢他的作品，而

1 马尔科姆·劳里（1909—1957），英国小说家，著有长篇小说《火山下》《在海的彼岸》等。

且在我的几部小说，例如《倾听“雨树”的女人们》里也有所反映）的厚厚的评传以及同样厚的书信集，再加上豪华漂亮的装帧，一直在书架上诱惑着我……

这类评传的魅力之一就是这些人物的交友之道。可是我这个人，虽然也曾经在国外旅行时，和正在养病的爱德华·萨义德聊天，但是在这十几年里，哪怕只是三个小时，我都不曾彻底放松身心，纯粹为了闲聊或吃饭喝酒，和尊敬的好友约会过。正是这个缘故，偶尔与朋友见面，我就会格外地兴奋。好在由于写小说的关系，常有一些座谈会或者文学奖评选会，可以和朋友谈论自己一直在思考的内容，或者最近出版的新书。但是，往往因为谈话过于投入，坐到宴会席上时我已累得筋疲力尽，所以我从来没有参加过二次酒会之类。当然，在我二三十岁的时候，跟着文坛前辈去酒馆，有时争论得兴起，借着酒劲闹腾过几次。有了这些教训后，我就控制自己不在宴席上继续谈论座谈会或者评选会上的事了……

还有，我也和别人一样，喜欢阅读那些介绍

珍馐佳肴的书，但自己不会特地为了品尝美食而光顾那些著名的西餐馆、高级日餐馆或者去外地旅游。印象中只有过一次。有一年年底，我与一位精通美食和葡萄酒的前辈作家以及某出版社的社长一起去京都吃饭。那天晚上，我待在饭店房间里，感觉这无异于在浪费自己的宝贵时光。我就是这样的性格，凡事总爱小题大做。带来的书看完以后，我就拿起摆在房间里的《圣经》英日对照版，一直看到天亮。后来我再没有接到过这样的旅行邀请，大概对于同行者来说，我确实是一个无聊的旅伴吧。

那还是二三十年前的事，一位和我差不多年纪、好像还参加过全国烹调比赛的作家，邀请我和他一起去赴某烹调研究家的特别家宴。但是由于我对此人有过一次不快的记忆，所以没有应邀前往。这位烹调研究家也是著名的珍稀本收藏家，我和他在购买古书这件事上，用航空术语来比喻，曾撞过机。

那时候我在加利福尼亚大学伯克利分校任客座研究员，当时我正热衷于研究威廉·布莱克，我选择去该校，也是因为那里有几位研究布莱克的专家。其间，我还去其他大学讲演过两三次，酬金一有积蓄，我就往旧书店跑，除了去伯克利的旧书店外，还去旧金山山坡上那家著名的旧书店。不久，书店老板便允许我进里面去挑书了。

有一天，我在那里发现了布莱克预言诗集《耶路撒冷》的最好的彩色复刻版，于是乎，十万火急地乘坐“BART”地铁回到伯克利，从银行取出包括生活费在内的全部积蓄，怀着几分悲壮的心情，又急匆匆赶回书店。谁料到书已经卖出去了，我回去取钱时曾跟老板说好当天就回来拿书的。那个上年纪的老板说：“你好像在日本挺有名气啊，因为我一说你看中了这本书后，那位先生很感兴趣，结果搭上莎士比亚的对开本一起买走了，你要买的这本比那本还便宜呢！”

这件事在我心里留下了伤痕，直到多年以后，我参与策划了钢琴家江户京子主办的音乐讲解系列演奏会，作为答谢，她送给我一本她在伦敦的外甥买到的特里阿依出版社的《耶路撒冷》，我心里的伤痕才算愈合。现在写的这次家宴邀请是这以前的事……

我跟那位美食作家讲了这段伤心的往事，说再好吃的东西自己也没有胃口。可是他不以为然地说，你想看书，吃过饭跟主人说我想看一下，不行吗？他家这样的书恐怕有好几本呢！可我还是坚决地谢绝了邀请，使他很失望。这不仅出于我长年的遗恨，还因为我脑子里突然闪现了一个尴尬的场面：我不小心把调料汁洒在了摊在膝盖上的精装书上。其实，如果我接受邀请，说不定餐后和主人到书房去品尝名贵的白兰地什么的时候，还有机会欣赏摆放在漂亮书桌上的这些书籍的。一想到这儿，心里又平添了新的遗憾……

2

由于上面种种缘由，我既没有应邀参加过美食佳宴，也没有自己特地去某某著名的餐馆品尝过特色珍馐。去国外旅行更是如此，不论是法国还是意大利，我与那些新版旅游指南上带★标记的高级餐厅向来无缘。尤其是十年前，我去外国主要是为了在大学讲演或者参加文学节的学术研讨会，虽然有一些酬谢，但这些地方一般都有很不错的书店，导致我每每倾囊购书。妻子大概也考虑到这一点，所以没有提醒我办一张国际通用的银行卡，于是那些受经济实惠型旅行者和学生欢迎的餐馆成了我经常光顾的场所。

近五年来，我经常和妻子带着光出国旅行，但也是专门选择适合自己饮食习惯的餐馆，一般都是环境幽雅、价位适中、味道可口的地方，连妻子也对我选择餐馆的能力刮目相看了。

其实，我应邀去那些豪华的西餐馆或者高级日餐馆时，总觉得不自在，尤其文学奖评选会都选择在高级日餐馆举行，说心里话，哪家我都不喜欢，于是早晨一醒来，我就在床上琢磨怎么找个理由不去。从事文学的人，特别是我们这些搞纯文学的人与企业家、政治家的生活消费水平不同，所以我对出版社、报社把文学奖评选会安排在一流的日餐馆不能理解。而且，我在家里喝酒都是自斟自饮，没有必要让那些打扮得花枝招展的女性给自己倒酒，加上有时她们还要我回敬酒，我不由得很幼稚地从心底冒出那句话：

“你这么做，有什么用！”

不过，我这样的人也有过一次参加盛宴的体验，那一次我心情十分愉快，菜肴无比美味，可谓名副其实的珍馐，而且这个给我留下幸福回忆的宴会持续了好几天。我觉得这样的体验恐怕一生只有一次，所以想写在这里。那是去年（一九九四年）十二月我在极为罕见的严冬没有下雪的斯德哥尔摩的经历。

无论是颁奖仪式后的盛大晚宴，还是第二天王室主办的小规模晚宴，道道菜肴自然都是精美无比，对于我和妻子来说，味道非常合口。第一天的晚宴上，国王的妹妹坐在我旁边，她大概曾在美国的大学学习过，所以讲一口美国味儿的英语，与她的性格很吻合。宴会厅非常大，能够举行像奏乐、合唱等各种活动。她教给我一个在这个王宫的大宴会厅上致辞（获奖者必须做简短致辞）时，保证获得满意效果的方法，她说：“首先，大喊一声！沉默，然后再大声喊！”

我对她说：“我在墨西哥大宴会厅的晚餐会上用这种方法致辞过，可是，我大声说了一句，然后停下来，按照公主的说法，这是必要的，因为要等待会场完全安静下来；结果听众热烈地鼓起掌来，于是下一个致辞的人上了台，我的演讲就算结束了，其实我刚刚说了一句‘我来自日本’。”公主听了，笑得前仰后合，而我因为想起在墨西哥致辞时的尴尬，神情黯淡了一些，结果这一强烈反差被记者抓拍，照片刊登在第二天的报纸上。

在王室举行的晚宴上，我的左边是国王叔叔的夫人（她是英国人），她有着一副典型的英国上流妇女矜持高傲的派头，而且说话特别辛辣而幽默。夫人说：

“近来瑞典的经济不景气，王室也不富裕呀。我想，今天晚宴的驼鹿这道菜是国王自己掏的腰包吧，至少是这一桌的！可千万别让弹片硌了牙噢！”

坐在我右边的是王后，我仿佛有生以来从未见过像她这样高雅端庄的女士。听说她是出生于圣保罗的葡萄牙语专家，是在世界体育运动会上当翻译时与国王相识的。我对她说：

“我祖父曾有个计划，打算把老家森林山村的所有村民都移居到南美去，所以让他们学习巴西调的葡萄牙语。后来这项计划因为战争半途而废了。我小时候经常到已成废屋的厢房去玩，那些课桌上还残留着小刀刻的用日语标音的葡萄牙语。我和妹妹大声朗读这些葡萄牙语，还说我们以前移民去过巴西呢。”

王后问："请您说说那些葡萄牙语好吗？"

我说了几句自己还记得的巴西调葡萄牙语，王后给译成了英语。

本·迪亚！（您好！）

克默·埃斯塔？（您好吗？）

奥布里嘎特·木因特·本·伊·奥·赛诺尔？（谢谢。我很好。您呢？）

奥·赛诺尔·埃斯塔·德恩特？（您哪儿不舒服？）

奥·赛诺尔·肯普列恩特？（您明白吗？）

那恩·赛诺尔·那恩·肯普列恩特！（不，我不明白！）

王后笑着说："您的葡萄牙语的确是巴西调，发音挺准确的。那么您和妹妹为什么没有移民圣保罗呢？"她显出遗憾的样子。

这时，那位国王叔叔的夫人插嘴说："您大概是早有留在日本、用日语写作、拿诺贝尔文学奖的意图吧？因为要是用葡萄牙语写作，竞争对手太多！"

然后谈到了我的小说，她们说报纸对我的小说的评论是难懂。国王叔叔的夫人又向王后问道："听说您看过，看得懂吗？"

王后用极其漂亮的葡萄牙语回答说："那恩·赛诺尔·那恩·肯普列恩特！"（不，我看不明白！）

一系列庆祝活动结束以后，我们去拉格洛芙的出生地摩尔巴卡旅行，这是我从小就非常珍爱的《尼尔斯骑鹅旅行记》的作者，前面已多次写过。我们受到了热情招待，饭菜都非常可口，尤其是鱼的做法，更是一饱口福。我想，我的女儿不久也要结婚生子，如果他们这个小家庭也到这里来旅行，以她和她命运中的年轻丈夫的生活水准而言，应该会挺直腰杆走进这样的餐馆的。

3

在瑞典旅行期间的幸运事之一，就是瑞典外交部派来的地陪非常称职。从抵达斯德哥尔摩的那天晚上开始，到颁奖仪式的所有活动安排，直到旅行的最后一项活动，去西海岸的两所大学讲演后乘坐直升机飞往哥本哈根，在那里分手回国，我们一家人都受到这位名叫列纽斯的性格刚毅而又稳重的年轻人的悉心关照。在旅行结束时，他问我对瑞典菜有什么印象，我回答说：

“我们一家人都很喜欢吃瑞典菜。在餐馆里吃套餐，量不多不少正合适，吃完饭后感觉精力充沛，这是近来少有的。在你们的国家，不论是宴会还是在餐馆吃的便餐，饭菜都很符合我们的口味，好像专门为我们做的似的。再看看周围，别的客人也都是这样，我们好久没有这么悠闲自在地在外面用餐了。”

我在斯德哥尔摩演说时一直陪同我们的这位瑞典外交官优雅地微微一笑，说：“那么这可以说是decent进餐吗？”

我知道decent这个英语单词一般翻译成充满人情味的、正派的、规矩的以及高雅的、文雅的，等等，此外还有与当时的场合、当时的气氛十分融洽的意思。而我还觉得所谓“decent进餐”，是以一家人围着家里的餐桌进餐的温馨气氛为根本的。

并非“感情用事”

1

由于今年夏天恰逢战后五十年，许多外国记者来我国采访，也有不少记者要求采访我。但是我的二楼寝室兼书房里书籍堆积如山，实在没有地方接待客人。

和其他做学问的朋友相比，我的书还算少的。每次写完小说，我都会把使用的资料处理掉，以至于那些翻译我的作品的译者询问我相关资料时，我很是为难。而且，我每两三年要改换读书主题，为此也要经常性地清理书籍。即使如此，当我外出旅行的时候，还是做不到让家人把某书的某几页复印后给我寄去。于是，征求了宽容的建筑师的许可，把起居室的墙壁拆掉做成一排书架，好安置我当前正在阅读的书。

岳母住院之前一直住的客厅现在空着，本来可以在这里接待客人，但是据住在附近的大冈升平说："你是个注重家庭的人，所以才把客厅置于角落里，这样客人就待不了太长时间了！"这么说来，岳母住在客厅的时候，也不会感觉舒适的，再加上还堆放了体现她特殊喜好的杂七杂八的东西，结果剩下的地方只够放一台传真机了。

于是，我们只好在家里最大的空间，起居室兼餐厅接待采访的记者。但每次为了接受采访，妻子都要打扫卫生，于是每天都在这里工作的我也被弄得坐立不安。而且光一向是趴在起居室的地板上作曲的，来了客人他该干什么还干什么，结果惹得一些不了解情况的记者不太高兴。尽管这样，我们家的首要原则是保证光的自由，所以因为光的表现而使对方心情不快，我也从不介意。

那年夏天本来就很繁忙，可是又添上了一件事，更加忙得不亦乐乎了。由于法国恢复核试验，我决定取消参加法国南部举行的耶克桑·普罗旺斯艺术节书展的行程，尽管妻子和光从未去过法国南方。有关我做这个决定的过程，我的观点以及别人对我的批评，我已在几篇文章中详细叙述过，这里只谈谈要点（详见《“我”写自日本的信》，岩波新书文库）。

首先我要说的是，我会将书展主办者阿尼·特里耶女士和耶克桑·普罗旺斯市有关人士对我的友好情谊，以及自己的某种罪恶感，也就是由于我取消行程而导致这次活动流产，一起铭记心中的。

我的这个决定，受到了来自多方的指责，其中指责我最多的是感情用事、情绪化，我想在这里写一写这个问题。

回顾我走过的近四十年的作家生涯——啊，我居然在与新闻媒体打交道中度过了如此漫长的岁月，我不知有多少次与要求我在工作上或者什么运动中予以合作的人发生过冲突。

例如，我的文章中经常出现的那位广岛原子病医院院长重藤文夫博士退休的时候，岩波书店的《世界》(我在该杂志上发表过《广岛札记》)编辑部，当地的《中国[1]新闻》报社，还有NHK广岛分局都要求对我和重藤先生进行长篇采访。

最后我谢绝了其他两家，选择了没有报道过重藤先生的那家全国性电视台接受采访，并且非常积极投入地开始了准备。谁知，就在采访日期临近的时候，我突然接到来东京商洽此事的NHK广岛电视台负责人的电话，他说总局指示他们就地安排采访，所以只好取消对您的采访了。我虽然表示了同意，但也发表了一通不满。通过这件事，我明白了对那些大电视台、大报社表示抗议是没有意义的，所以现在几乎不再抗议什么了。三四天后，我接到一封那个现在估计已身居NHK要职的负责人的令人难忘的来信。“由于您表

1 指日本本州西部地区，包括鸟取、岛根、冈山、广岛、山口五个县。日本平安时代以当时的首都京都为中心，根据距离远近将国土命名为“近国”“中国”“远国”三个地区。“中国”意即“中部地区”，这一名称沿用至今。

现得歇斯底里，所以本想前去当面解释，可惜没有时间……”

后来，我在相当长的时间里一直与NHK没有来往，直到通过新的工作关系结识了NHK的朋友为止。因为我接到这类工作或者合作邀请时，如果理解不了对方态度的话，决不用无聊的废话来缓冲矛盾，圆滑地维持双方的关系。

2

就是这样，我在处理跟工作有关的人际关系上，从不采取虚伪柔顺的感情缓冲方式，这也是我的生活习惯使然。所以这么多年里，对我的态度感觉不快的人应该不在少数吧。如果在此借用渡边一夫先生经常说的一句话来表达，那就是：没有办法。

具体来说，在实际生活中，我一直想站在与感情用事完全不同的层次来处理问题，结果反而在以往的人生中引起许多感情用事的纠葛。我之所以在晚年想通过阅读斯宾诺莎来充实自己，恐怕也是希望在处理人际关系、社会关系以及与世界的关系时，尽量朝着减少感情因素的人生方向延伸吧。

然而，通过今年夏天我决定不参加耶克桑·普罗旺斯书展这件事，不得不将感情用事、情绪化的问题再度与自身联系起来进行一番思考。

3

对于我不参加耶克桑·普罗旺斯书展的决定，我所知道的法国方面最具代表性的反应是著名作家克洛德·西蒙“这是没有礼貌”的指责，其指责本身可以说也是感情用事的。对于西蒙的这篇文章，书展主办者特里耶女士也进行了反驳。她说：“我们收到的不能参加书展的信函并非没有礼貌，西蒙先生没有看过这封信，他的批评是没有根据的。”在庆祝小泽征尔先生六十岁生日的音乐会上，和我只有一面之交的日本驻法国大使M先生，把发表在《世界报》[1]上的相关文章的复印件

1　法国著名报刊。

寄给我，他在信中说，自己所见到的法国社会名人大多赞同西蒙先生的看法。因此我并不认为所有的人都与特里耶女士的意见一致。我是一个小说家，生活在与所谓社会精英们不同的圈子里，不论在本国还是在外国。所以除了特别的好友之外，我至今还没有接到过有“大使”头衔的人的突然来信。

听到了这些反映后，我给老朋友西蒙先生写了一封回信。这封信发表在同一天的《朝日新闻》和《世界报》上。信的开头部分是这样的：

尊敬的西蒙先生：

您把日本国民，特别是我个人对希拉克总统决定恢复核试验的态度和行为归入反法活动，我认为这不仅仅是法国这个大国习惯于崇尚荣誉的精神反应过剩，而且，对于您所谓的“日本因地理距离太远而做出有悖事实的解释”，我更是深感悲哀。

对于我取消参加在法国南部举行的学术研讨会的决定，您在文章中指责我“对我国非常不礼貌地表示敌意”。我承认自己行为的不礼貌，并为此感到惭愧。

但是，耶克桑·普罗旺斯书展主办者的宽宏大量，使我看到了我研究法国文学的恩师终生主张的、法国人文主义的传统至今犹存。

在日本国内对我这篇文章的评论中，有人认为与其说是感情用事的，不如说是感伤的。多年来，我一直很尊敬克洛德·西蒙这位作家。但这位西蒙先生不知为什么如此固执，竟然不承认日本是现代世界中的成员，这的确使我不得不悲哀地把这看作理智的退化。从前面说的采访事件可以知道，我国的新闻媒体对批评他们的人没有丝毫的理解，只是想方设法地一味压制对方，却还要装出道貌岸然的样子，为对方感到悲伤。这发生在我身上自不必说，即使旁观者也只能感到心情不畅。但是我对西蒙的指责感到上面所说的悲哀，又不想被人说成是感伤的。

西蒙先生看了我的信以后，没有直接给我回

复，而是给《读卖新闻》寄去了一篇文章。他在文章中说，自己对日本艺术家的期待是浮世绘与书法、禅的思想中体现出来的“惊叹、目眩、陶醉”。这与日本人对法国的尊敬只是由于印象派绘画、时装与葡萄酒等美味佳肴（因为有不少日本的知识界精英也这么认为），不是一样的吗？对于这种站在本国立场来理解他国的做法，作为期望为生活在二十一世纪的孩子们改变核武器现状的日本人、法国人，怎么能不为致力于改造世界的合作伙伴国的知识分子感到悲哀呢？

西蒙先生在他的这篇反驳文章中有一句：“大江先生谦虚地承认自己没有礼貌。”与此同时，我正和德国当代最优秀的作家君特·格拉斯通信。我在信中说：“这种对‘谦虚’的理解，给人以装模作样、厚颜无耻、令人作呕的语感，要是能准确地译成德语就好了……”

如果看到我这段话，不就会明白我根本没有谦虚地承认的意思吗？看着《读卖新闻》上刊载的西蒙先生的反驳文章，我实在不能理解，他怎么会这么理解我的回信呢？

由此我得出的推论是：我发表在《朝日新闻》上的日文文章，是由我的老朋友P先生译成法语的，他是《世界报》的资深特约记者，而不是文学研究家，是我的一位已故的朋友介绍我们认识的。我的原文是：

“我承认自己的行为不礼貌，并为此感到惭愧。”

译成法语是：Je reconnais humblement que mon attitude était〈grossière〉.

的确，“humblement”这个副词，如果在同声传译这种时间紧迫的场合，很容易按固定含义译成“谦虚地”。可是，我的这篇文章比西蒙先生的反驳文章早一两个星期发表在《朝日新闻》上，原文是“并为此感到惭愧”，这应该与那种毫无羞耻愧疚之意，口是心非地使用陈词滥调、态度冷漠的用语全然不同。

但是，这位年轻的法国文学翻译者，将日文与法文的信函进行互译的过程中，没有与不久前发表在日本大报上的日文原文进行核对就译成了法语，并发表在发行量更大的报纸上了。

4

日本人对于核武器问题抱有什么样的观点？经历过广岛、长崎灾难的日本人如何认识世界核武器的现状？在向外国人阐明自己的观点的时候，我国的政治家和外交官总是千篇一律地说是国民感情，或是唯一遭受原子弹轰炸的国家的国民感情。

我认为这些陈词滥调就到此为止吧。广岛、长崎的原子弹受害者成立了一个比较松散、但很有规模的活动团体“被团协”[1]。我与这个团体的人有多年的交往。我经常感受到他们埋藏于内心的基于广岛、长崎的记忆所产生的深重而强烈的感情。而且他们不是以“感情用事的”“情绪化的”语言呼吁废除核武器，而是正在以世界共通的普遍性的理智语言，表明核武器决不能与人类共存的态度。

对于我和西蒙先生的论争，国内的政治学家

1 原子弹受害者协会的简称。

对我提出批评，希望我不要“感情用事”，应该站在冷静分析国际政治的基础上发表意见。在此之前，我就不断地听到此类现实派政治学家的言论。在相当长的时间里，我也一直在研究世界核武器的现状。在此基础上作为一名作家发言的时候，我是有意识地不去模仿军事研究家们评论核武器和国际形势时采用的那种技术性的表述方式。

我希望指导我国大学和新闻媒体的国际政治学家们通过对于国际关系的冷静分析，给我们谈谈核武器现状对二十一世纪的孩子们到底是“好”还是“坏”。希望他们不要只基于“没有核武器就无法维护世界的和平”这种“感情用事”的信仰，为了使之正当化，而以虚伪的理性语言来表达。这些专家学者对屈从于外国军事政策的我国现行方针仅止于事后认可，却毫无解决这种死路一条的对策的想象力，这种专家存在的价值究竟何在呢？

发愿 · 发心

1

我在纽约接受了埃利·威塞尔的一个访谈，下面这些话是没有写进公开发表的谈话记录里的内容。我对埃利·威塞尔说："基督教在日本绝不是一个大宗教。"（言外之意是，犹太教、伊斯兰教也是如此）他立刻说："日本有神道吧。"说到神道，天皇家族举办各种活动时的确都举行神道仪式，每次新内阁诞生时，大臣们也都去伊势神宫参拜。晚年的野上弥生子（这位女士的晚年很长，而且一直保持着创造力和批判的态度），对前一年当上文部大臣的那位曾长期在美国接受教育的学者（大概他们互相认识）叹息道："竟然连N先生也在正月去伊势参拜了！"

我这样回答威塞尔："神道虽然是我国的宗教之一，但把日本拖进那场悲惨战争的战前、战时的军国主义教育的核心内容是至高无上的天皇制和神道，天皇被称为'现人神'。因此，领导战后的日本走向民主化道路的美国占领军，极力要把政治体制从神道中分离出来。"

他问道："那么，现在日本最深入人心的宗教是什么呢？"我回答说："是佛教。"因为我国大部分家庭的葬礼都是按照佛教的方式举行。另外，从日本文化这个角度来看，佛教语言已无孔不入地渗透到我们生活的各个方面，只是我们很少能够真正意识到而已。不久前我在北海道的小樽参加学术研讨会，到会的荣格派心理学家河合隼雄在会上举实例证明，在我国，就连天主教的神甫也使用佛教语言布道。他的发言引起听众的热烈反响。

我作为作家，一直有个习惯，就是要确切了解词语的含义，一旦发现用词有误，立刻彻底纠正。根据这些经验，那些语言本应具有极其严格的含义，但宗教语言在被人们模棱两可地使用的过程中，逐渐变成了我们的日常生活用语。从日语的历史来看，最广泛最深入地渗透进我们生活里的，无疑是佛教语言。

于是，每当我在文学作品中看到佛教用语时，总要停下来琢磨一番。这也是我从自己经常犯的错误中得来的带着苦涩经验的习惯。即使是读夏目漱石[1]的作品，对其中引自禅宗经典的词语，我也是一一细心体味，纠正自己的主观臆想，即望文生义的错误理解。尤其是夏目漱石晚年喜欢使用的那些词语，与其说是禅宗用语，不如说是接近禅宗的汉语更贴切一些。例如《明暗》所表现的“则天去私”的思想，这个词语有多种解释，如《大辞林》是这样解释的：“夏目漱石晚年描绘的理想境界。指舍弃我执，顺从于达观的和谐世界。《明暗》为其实践作品。”对这个定义我还是要细细思考一下。

在《明暗》之前不久，夏目漱石曾做过题为

1 夏目漱石（1867—1916），日本近代作家，代表作有小说《我是猫》《三四郎》等。

《我的个人主义》的演讲，从中也可以感觉到，《明暗》的女主人公阿延尽管不断扩张个人的想法、行为、意愿，但毕竟还是，或者说正因为如此，与广大世界的法则基本相一致。这不正是夏目漱石的思想吗？的确可以把这个思想的后半部分解释为达观或者顺从于和谐的世界。但是，不能把它理解为被动的人生态度，而应该理解为积极的人生选择，如果不这样正确评价《明暗》前半部分的思想含义，不就感受不到"则天去私"所提倡的生动内核了吗？

茶道中来自禅宗的词语也是数不胜数。企业家、政治家以至如已故的井上靖这样的小说家，都很喜欢使用。每当碰到这些词语，我一般都要仔细琢磨琢磨。

说实话，一听到人家使用"一期一会"[1]或"一

---

1 "一期一会"是日本茶道用语。如日本幕末茶人井伊直弼的《茶道一会集》中提到："茶会谓一期一会，主客屡次相见，而今日之相见，一去不返，为一世一度之会，客人离茶室而去，主人亦万事挂念，尽深情关切之意；客人亦思再访之难，且感悟主人趣向及细致之用心，以诚相待，此乃一期一会。主客之间心心相印，以礼相待，即一会集之极也。"

座建立”[1]这些禅语时，我就会觉得无法忍受。以一般人的望文生义，也即凭空想象来理解，变得如此庸俗岂不是理所当然？在电视的相亲节目里，主持人郑重其事地讲着“一期一会”；在我家附近正准备开工的建筑工地上，看到建筑公司张贴出的“一座建立”的宣传海报，我不禁感到悲哀，这些原本高雅的词语怎么沦落到了这个地步？

我本来没有机会接触茶道方面的书籍，但偶然看到一本研究俳句的书籍上引用的井伊直弼[2]的文章，使我产生某种特殊的情感。顺便提一下，前面提到的野上弥生子的作品《迷路》中塑造了一些与井伊直弼宗族有关的人物形象。井伊直弼的文章是这样写的：

> 主客皆情意绵绵，依依惜别，及至客人告辞，离茶席至庭院，并不高声言语，静静

---

1 “一座建立”是茶道或能乐用语。在茶道中，主人招待客人看似简单，却极其用心，蕴含深意，以期主客一体、息息相通的充实感。

2 井伊直弼（1815—1860），日本德川时代幕臣，主张对外开放，在樱田门外之变中被反幕府派武士暗杀。

回顾主人，而后方才离去。主人尤为恭敬，目送客人直至不见其身影……乃心静气和返回茶席，此时自小门跪行而入，或独坐于炉前，默然静思，方才虽短暂欢叙，彼已不知向何方，今日之一期一会后，彼将不复再来，此乃世事之常。或独自品茶，当此寂寞之时，能相与语者，唯一水壶耳，别无他物。是为一会极致之习。

我对主人送走客人之后独坐思念的所思所感以及形体动作感同身受，后来当我默默坐在谈论茶道的前辈作家、评论家身边的时候，会想起这位在万延元年[1]遭到暗杀的外交官所写的文章。

2

每当我遇见未曾接触过的、感觉生疏的佛教用语时，都要认真琢磨一番，尤其是像发愿、发心这些词语，都因其特别重要而存留下来。正如

1 万延为日本江户时期年号，万延元年即1860年。

日语中来源于佛教的词语那样，一方面具有佛教出典的原意，另一方面则被世俗所用。现在先介绍《岩波佛教辞典》对这两个词语的定义。

发愿：发自内心的愿望。发誓、表明之意。包括祈愿、祈求和发誓、许愿两个方面。后者包括为希望悟道的许愿，为到达净土、普度众生的许愿以及其他各种行善积德的许愿，等等。叙述发愿宗旨的文章称为“发愿文”“愿文”。净土宗将向往极乐净土世界之心称为“回向发愿心”。“定知至心发愿，愿无不得。”（《日本灵异记》）

发心：亦称“发意”，详称“发菩提心”“发道心”或“发阿耨多罗三藐三菩提心”（发无上正确觉醒之心）。但梵语原著之意多为“发心于正确觉醒”，汉语译文未能准确表达其原意。此外，日语独特用法还指出家、入佛门，以及为达此目的遁世隐居，由此转译为有目的有意识地决心从事某件事。“虽偶有发心修行者，却难以成就。”（《往生要集》）

这两个词，尤其是“发心”这个词条的释义，是将梵语原典与汉译以及日语独特的用法分别进行具体的比较，并指出三者之间存在着彼此难以传意和语义偏移的部分，这很有意思，使我想起学生时代曾阅读过《法华经》译本，也是用汉语译本与日语译本对照着读的（日语译本是直接从梵语原著重译过来的），但由于翻译过程中漏译太多，读起来常常不知所云。因此，我理解了拼着性命也要万里迢迢前往印度寻取真经的僧人的心情，同时也真切感受到了，对当时的日本佛教信徒来说，空海、道元这样的僧人是何等重要啊！

而在今天，我认为荒井献等人进行的翻译《新约圣经》（岩波书店出版）原典的工作正是因其难能可贵，才受到了读者的欢迎。作为我个人，恐怕这辈子都不会有机会接触宗教界人士，但我从这些学者身上学到了许多厚重的东西，今后还会继续得到教诲……

3

我最早对发愿这个词语产生印象，是由于读了柳田国男[1]的文章。小时候，被母亲训斥“你难道是为了忘掉才读书的吗”之后，我便发愿、发心——这当然是按照该词的一般用法来使用的，把自己认为重要的书籍中的重要部分抄写下来，用这种方法来记忆。以致现在有评论批评我的文章引用太多，我的这种写法就是当年的影响所致。

我记得在十六七岁的时候，第一次把柳田国男的《美丽的村庄》的结尾部分抄在笔记本上。“与开发国土之悠然步调相比，人生实为微不足道。虽一代人之久，尚未能完成，又何寂寞之有？山川草木，清明万物，自太古以来，岂非吾辈之友乎？绝无使人不幸而终之理。学问艺术亦复如是，唯重要之事乃发愿也。”

这篇文章发表于昭和十五年（1940年），而在其八十年前，那位前文已提及的在樱田门被暗

1 柳田国男（1875—1962），日本著名民俗学家，被尊称为“日本民俗学之父”。

杀的政治家，也在日常生活中使用过寂寞这个词。我想，他们与我们今天对这个词语的惯用方式不同，大概把这个汉语读为jakumaku（“寂寞”的日语古文读法）吧。

柳田国男说，日本这个国家各个地方的美丽风景并不是天然形成的，而是人工之美，但他又说开发国土应以悠然之步调进行。半个世纪之后的今天，我们切身感受到的却是胡乱开发的可怕速度。

应该说恢复被破坏的“美丽的村庄”、美丽的风景才是我们今后努力的目标，也即发愿的目标吧。最重要的是发愿，这一呼吁在我们当下的生存环境中显得尤为真切。

4

我用了一年的时间总算准备好了自己的发愿、发心，下一步打算以自我控制的周全方式付诸行动。这将根本改变自己从二十多岁开始形成的一切以小说创作为核心的生存习惯。现在，我正在考虑将《燃烧的绿树》作为自己最后的小说。今后的几年，我打算用来阅读十七世纪荷兰哲学家斯宾诺莎的著作，他的著作大多使用拉丁语写作，仅从这一点来看，他就称得上是全欧洲的哲学家。即便以后再写小说，我也要以与过去迥然不同的新体裁来写。因为写作原本就是为不断追求创作形式上的创新而发愿、发心。

因此，我集中精力写了这一系列文章，在今后相当一段时间里，这本书应该是我的最后一本新书。这本书里仍然有妻子创作的水彩画[1]。此前的《康复的家庭》出版后，收到前所未有的大量读者来信，其中大部分都表示很喜欢书里的插图。于是，在繁忙的日常琐事之余，妻子将素描画册摊在餐桌上埋头作画的日子多了起来。每当此时，我叫她也全无反应，俨然像个专注于创作的独身男人，这使我觉得有趣，更觉得吃惊。

我还没来得及跟妻子和光（我们三人将一起前往新泽西州立大学）以及留在东京的女儿和次子商量自己这个开辟新生活的意图，即打算创造

1　本版本未收录插画。——编者注

一个从明年开始认真阅读斯宾诺莎书籍的新环境。以前也是如此，他们看着自己的丈夫或者父亲被内心的激情鼓动着，独自一人身体前倾，做出准备起跑的姿势，朝着与过去完全不同的新方向发愿、发心，很可能为我感到心疼。“啊，都快六十岁的人了，还这样子……”

另一方面，我清楚地知道，我的家庭由于永远像个孩子似的光的存在而一直保持着紧密的关系，希望今后以更加宽松的纽带维系在一起，我也相信会这样的。我正是为了证实自己的想法，才打算写完这部书后前往普林斯顿的。

从《康复的家庭》到《宽松的纽带》
——为文库版写的后记

我从来没有写日记的习惯。年轻的时候回忆刚刚过去的几年，还是一件轻而易举的事。可是不知不觉间，想要以稍微长一些的时间段回顾自己和家人的生活时，便会因岁月流逝之快速与复杂而感到茫然了。尤其是，近十年来的生活变化，导致那些不变的东西，和家人谈论起来，好像也抓不到清晰的头绪了。

但是，趁着《宽松的纽带》文库版出版的机会，我重读了原来的版本，顺势又重读了《康复的家庭》，深深感到，书里诚实地记录了我们一家十年来的生活轨迹。

而且我想，我和妻子用各自的文章和绘画完成一本书，这种创作方式不会再有了。尽管以这两本书为契机，我们至今仍在报刊上连载随笔。

说实话，像这样将自己的人生路程切割为一个个阶段来思考，是我从小养成的习惯。但在重新阅读这两本书之后，我觉得我所思考的我和家人的人生节点这个问题，仍然是很特别的东西。

因此，我想到能否把这两本以文库版的形式并入一个套盒里——我并不是想要拜托出版社，只是请妻子帮忙的话，她会马上剪裁厚纸，画上插图，做成私家版的——为此我想要为这套书先写好一篇后记。

我还有一个从小养成的习惯，就是把书当作一个最喜爱的东西。优秀的绘本作家莫里斯·森达克，对来信说把他写的书吃掉了的小读者表达了感谢。对我来说也是如此，书籍不仅仅是阅读的交流工具。尽管如此，我既没有为自己的小说制作过特殊版本，也没有想过要得到喜欢的小说家和诗人的作品的豪华限定版，因为我喜欢那种随处可见的普通版本。

不过我也喜欢刚才提到的像莫里斯·森达克写作的几本小薄书合起来收入套盒那样的东西，

我曾多次梦想过，自己为了孩子们写的书可否也做成这样的呢？作为实现这个梦想的一环，我开始考虑将这两本文库版合为一套的形式。

与此同时，正如开头写的那样，即便妻子能够制作出私家版来，自己和妻子合作，再继续制作那样的书，也是不可能的了，这显然是年龄所致。写作了这两本书之后的十年来，我的人生岁月一直处于多事之秋，时过境迁，我终于将目光聚焦到了在那些年月中永远地离开了我——也可以说离开了妻子，离开了光——的重要的朋友们身上。

在这两本书中，我没有正面描写武满彻这位音乐家，不过在有别于光的音乐的意义上，他的音乐一直回响在我的全部生活中。我在《宽松的纽带》的最后，写了我要去普林斯顿旅行开始新生活，在那之后不久，还没有等到我去旅行，武满彻先生就去世了。

这两本书里记录了许多关于广岛的片段。我第一次去广岛，是光刚刚出生的那个夏天，这次旅行对我而言具有深刻的意义。当时跟我同行的大编辑安江良介也去世了。他每天早晨看新闻，不论是国际问题，还是国内问题。看外文书时，他总是把离不开的词典放在身边。我印象中的安江先生就是这样的。他是我终生不渝的朋友……

还有妻子的兄长、我年轻时的朋友伊丹十三，死得令人痛心。大约一周前，我整理书库时，发现了以为早已丢失了的法国信使出版社版的《兰波诗集》。那是十七岁时，伊丹给我的法语学习教材。

比我大两岁的伊丹，是一个使用铅笔写文章的年轻人。他用4B铅笔在《Roman》这首诗的题目上涂上浓重的旁线。我也是从那时开始，总爱在书上写些蝇头小字，用偏硬的铅笔从词典里抄写几行字。

有一次，我读到一位叫作渡边一夫的法国文学研究专家的书，伊丹告诉我这是东大的教授，于是我开始备考东大。经过一年复习备考，拼命苦读，我终于得偿所愿，渡边一夫先生成了我终生的导师。现在回想起来，我只上过先生有关诗歌和小说的主题课。先生留给我的遗物中有中原中也签名的《兰波诗集》，里面的《传奇故事》[1]是这样开头的：

十七岁的年龄，不是石头也不是铁。
一个美好的黄昏，觥筹交错的咖啡屋。
何为啤酒，何为柠檬汁？
人们漫步在绿荫浓郁的菩提树下。

实际上，地方城市的高中生活，啤酒就不用说了，连柠檬汁也是无缘的，但是每当回忆起伊丹十三年轻时的面容，我和妻子总是会心情愉快起来，仿佛环绕着虚拟的“绿荫浓郁的菩提树”转圈似的。

《康复的家庭》的初版一面世，出乎意料地受到读者的欢迎。那里边收入的是相当长一段时期——从第一章里写的光的诞生之日算起，有整整十年——登载在非营利性的季刊杂志上的文章。

虽说这些文章不是随意写就的，但是由于发

1　兰波诗《Roman》的日文译名。

表在只面向开业医生们的杂志上，又是拖拖拉拉写出来的，所以和我写给文学读者看的全然不同，感觉就像在如实记录每天的感受一般。正因为如此，妻子业余水平的水彩画也得以一起印在上面[1]，而我闲适松弛的心态则非常鲜明地体现在了文章中。我在三十出头时就下定决心，自己的文章要修改到自己满意为止，所以这些文章要是发表在面向一般文学读者的杂志上的话，肯定会反复改写的。

我最初写的东西有其相应的节奏，是很容易阅读的。那么，我又为什么还要执拗地修改呢？为了把文章写得坦诚一些，我不断地修改小说。这一点在写随笔时也是一样，要不断地修改。不过，在追求这个目标的过程中，文章必然会变得复杂起来，就是说，变得难懂了。这就是我的“难懂的文章”变得错综复杂起来的原因。

我并不是没有意识到这个问题。被人说文章难懂，被人看作文章糟糕的代表，我当然不可能

1 本版本未收录插画。——编者注

高兴。但是，如果不这样的话，自己想要表达的东西就不能正确地传达。因此我是在说服自己，坚持这样才写作到今天的。尽管如此，其实我也向往那种清澈明快而又响亮的音乐般的文章。

由于让《宽松的纽带》以和《康复的家庭》同样的形式登载的季刊杂志已经没有了，这两本书以单行本的形式出版后，我又恢复了以往的写作方法，即集中精力构思一本书。我每写一本新书，就想要在那方面拓展下去，而且写完的原稿，为了让自己满意总是不断地修改。

《宽松的纽带》一出版，我们就收到了——说实在的，有很多人是期待看到里面收入的妻子新画的插图——读者源源不断寄来的明信片。说起来，《康复的家庭》出版时，我也收到了大量热情洋溢的明信片，但是这回还增添了其他的声音。

“为什么这本书这么难懂？”“里面写的虽然还是您日常生活中发生的事，故事围绕着光和夫人，和上一本没有不同。可是，读这本书的时候，为什么会感觉在被您这位作者拒绝呢？”

当然了，给我写来的明信片也不都是批评，

有人表示妻子的绘画有了很大提高，对于光的音乐的新拓展也有善意的评价，特别是关于伊丹十三的电影《平静的生活》以及录像带版的光出场的附录，也大多是鼓励的内容。后来得到伊丹去世的噩耗时，妻子不正是依靠这些明信片里的鼓励，才熬过了最痛苦的时期吗？只能眼睁睁地在一旁守着她的我就是这样想的。

写作这两本书期间，在不断涌上心头的情感驱使下，我暂时放下了手头的小说，准备投入以毕生为目标的学习。这一想法产生的过程，重新阅读这两本书时，至少我是非常清楚了。可以说，我把从《康复的家庭》朝着《宽松的纽带》日复一日地度过的这十年来自己内心的种种感受，遵循现实的发展轨迹，毫不走样地书写下来了。

在这个意义上，也正是这十年来，以这样的形式坚持不懈地把每天的感受记录下来——以妻子的绘画作为稳重的旁证——这些文章结集为两本书留下来，对我个人来说是意料之外的宝贵馈赠。

还有一个想法，这一点或许只有我自己最清

楚，我在写这两本书期间，考虑到自己必将会迎来与这个世界告别的一天，到了那时候，前面举出的那三个人会和家人一起为我送别，于是我写下了他们的故事。

只是他们三个人在很短的时间内先后去世了。现在的我，觉得这样的书——文章的表面虽然看不到，但光、妻子和我，是生活在这三个人温暖目光的守护下的，我和妻子都是一边感受着这一点一边写文章、画画——自己不会再写了。这也是很自然的事。

一九九九年夏